ファンダ・メンダ・マウス

FUNDA MENDA MOUSE

大間九郎

Kurou Ooma

JN264001

このラノ文庫

宝島社

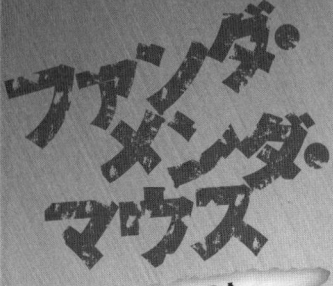

ファンダ・メンダ・マウス

CONTENTS

CALL

CURTAIN

HAKYU

イラスト：ヤスダスズヒト

デザイン：門田耕侍（SPRAY）

本番前の確認事項

6

おれは今の自分にかなり満足してるし、人生がこれ以上でもこれ以下でも今いる自分になれないのならそんな物は願い下げだと、心の底から思っている。強がりに聞こえるかもしれないが、おれは幸せになりたいとか金持ちになりたいとかそんなイリーガルであっぱっぱっな尻が青くて眩しい欲望丸出しの夢を持ちたいとか、いい女はべらして万ケンシャンパンドンペリジャンジャンBMベンツにPMゲッツーみたいなことがおれの今の生活に少しも必要だとは思わない。

きっと誰も興味がない話だと思うけど横浜とハワイは似てる。海、綺麗《きれい》な街並み、心躍《おど》るヴァカンス、リラックスとセックスセックスセックス。でもホントは違う。横浜もハワイもそんな薄っぺらな外ヅラ引っぺがすと出てくる顔はクリソツ。物をカバみたいに飲み込み、ゲボみたいに吐き出す物流の戦略的拠点《きょてん》。巨大な国際港。

ホントに金になるのは人じゃなくて物でしょ？　何千台と並ぶトラックを一隻《いっせき》のタンカーが飲み込みどっかに運んでく。バイバーイ、毎度ありー。気持ち悪いぐらいコンテナを積んだ船からコンテナ引っぺがし、トラックにくくりつけて日本全国に旅立っていく。いってらっしゃーい、毎度ありー。金は物がいっぱい動くとこにバカみたいに集まる。クソに群がる蠅《はえ》みたいに、洗ってない頭に湧《わ》いて出るフケみたいに。

物をグリグリ転がして、金をジャブジャブ消費する街。

横浜。

おれが生まれて、育って、こんな人間になっちゃった街。
横浜。
生きるために死ぬほどもがいてる街。
横浜。
ハワイのこた知らね、行ったことないし、マジ興味ねーよ。

「あなたは望まれて生まれてきた訳じゃないわ」

「それじゃおれはなんのために生まれてきたん？」

「あなたが生まれたことに意味なんてないわ」

「それじゃおれは意味のない存在なん？」

「いいえ、あなたの生まれてきた意味は自分で作るの。

誰だってそう。

誰だって生まれてきたことに意味なんてないんだから」

JYO

おれは毎日六時半に起きて歯を磨《みが》き原付で職場に行く。職場は大桟橋《おおさんばし》近くの倉庫、倉庫と言っても港の中にあるでっかい奴じゃない。二トンロングが二台入ればいっぱいのくそしみったれたくそ倉庫だ。くそしみったれているくせにセキュリティーはくそみたいに万全。ルパンに出てくるみたいなレーザみたいんとか、踏むとビービ鳴るんとか、くそみたいにくそいっぱい付いてるこのくそみたいな職場でおれは何をするのか。

おれはボタンを押す。

このくそったれた倉庫は最新鋭過ぎて最先端過ぎて最新すぎて誤作動起こしたとき外部からの干渉《かんしょう》を一切《いっさい》受け付けないため誤作動しっぱなしのサイレン垂れ流しの迷惑かけっぱなしの正真正銘《しょうしんしょうめい》ホントのくそったれに変わる。そこでおれの出番だ。意気揚々《いきようよう》とくそしみったれた倉庫のくそしみったれた二階のオフィスで強制終了ボタンを力いっぱい殴《なぐ》るのだ。

おれの仕事は八時に始まり五時に終わる。オフィスに入るとくそったれがあいさつする。

「おはようございます、マスター」

おれは無視する。

「おはようございます、マスター」

無視。

「おはようございます、マスター」

無視。

誤作動を起こしサイレンが鳴る。

強制終了ボタンを力いっぱい殴る。

サイレンが止《や》む。

「おはようございます、マスター」

「おはようくそったれ」

「ヴォルグ2000本日の監視《かんし》業務に入らせていただきます」

「がんばれよくそったれ」

夜の間や土日がどうなっているのかわからないが、くそったれはおれが出勤してないときに誤作動は起こさないらしい。この倉庫にはおれしか働いていないし、夜勤《やきん》の奴と交代したことはない。くそったれは一日四、五回誤作動を起こすので誰かいないとくそったれなことになるのだが、おれもよく知らんし興味もないからこの七年誰にも聞いたことがない。こんなことを言うとさぞ小さい会社の窓際社員みたいに聞こえるかもしれないが、おれはかなり大きな警備会社のくそったれ社員だ。厚生年金にも入っている。

高卒でこの会社に入り研修合宿を終え家路《いえじ》に就《つ》こうとしているとき呼び止められ、住所を聞かれた。

「住所はどこかね、いや詳《くわ》しくはいいのだよ何区かね？」

「はいくそったれ教官様！　わたくしは生まれも育ちも中区《なかく》であります！」

「ほー何町かね？」

「日の出町のゴミ溜《だ》めであります！」

「大桟橋まで歩いて何分？」

「走って五分であります！」

そしておれはしみったれた倉庫にくそったれと七年間過ごしてきた。

おれは職場でドリッポンのコーヒーを入れ、「ヤンマガ」「ヤンサン」「スピリッツ」「ジャンプ」「サンデー」「マガジン」「ヤンジャン」「ガンガン」「スポニチ」「ニッカン」「カナシン」「クーリエ」「アスキー」「スパ」「イチコ」「ナイタイ」「エルゴラ」を片っ端《かたぱし》から読む。その間にくそったれは誤作動を四、五回繰り出しそして一日が終わる。

くそったれたしみったれた愛すべき仕事、愛すべき日常、それをぶち壊す小さなケダモノがおれの元に転がり込んできた。

おれは今の生活に満足している、上も下もないジャストど真ん中今だ！

あの悪魔の電話くそったれコールは六月五日おれの誕生日、しみったれ倉庫の二階のくそったれオフィスで鳴った。おれのケータイはいつでもバイブだ。つまりくそったれコールは鳴ったというか唸《うな》った。
ウーン、ウーン、ウーン
無視。
ウーン、ウーン、ウーン
無視。
ウーン、ウーン、ウーン
「お電話ですよ、マスター」
無視。
ウーン、ウーン、ウーン
「お電話ですよ、マスター」
「うるせー！　くそったれ！」
「ブワーヲォォーー！！　ブワヲォォーーー！！　ヴォルグ２０００緊急事態確認」
ウーン、ウーン、ウーン
おれは強制終了ボタンを殴り飛ばし電話に出た。
「助けてください」
「やだ」
「助けてください」

「おれじゃなきゃだめ？」

「助けてください、お願いします」

「だから！　おれじゃなきゃだめかって聞いてるだろうが！」

「お願いします、たす」プツ、ツーツーツー
電話を切った。

ウーン、ウーン、ウーン
無視。

ウーン、ウーン、ウーン
無視。

「お電話ですよ、マスター」

ウーン、ウーン、ウーン
「お電話ですよ、マスター」

無視。

「お電話に出ていただかないとわたくしが困ります、マスター」

おれはしぶしぶ電話に出る。

「あなたしかいないんです！　私は道太郎《みちたろう》、佐治《さじ》道太郎の娘です！　助けてください！」

ミッチーかー……それは助けるに値《あたい》するくそったれた名前だ。

道太郎、佐治道太郎、道太郎。

おれがくそったれハイスクールスティユデントだったころミッチーはティーチャだった。おれが行ってた学校はくそったれ共のはきだめ、偏差値教育の弊害《へいがい》、治外法権《ちがいほうけん》、労働者養成所。頭悪すぎてやくざにもなれないくそったれが神奈川中から集まり形成するソドムでありゴモラだ。ちなみに共学。ミッチーはそんな人間の屑《くず》、屑、屑の中でひときわ輝く屑野郎だった。

ミッチーはいつもジャージ、白衣《はくい》、腰にブラックジャック、いつも襲いかかるくそったれスティユデントをひっぱたいていた。襲われなくてもひっぱたいていた。校内でイリーガルな物が出回りゃ草の根分けても探し出し、物《ブツ》オール回収そして転売奴大儲《おおもう》け。儲けた金でミッチーはよく車を買い換えていた。おれが在学中で三回。よく英語の外人巨乳臨時教師を横に乗せ颯爽《さっそう》とラブホのひらひらの中に吸い込まれていくのを目撃されていた。つまりおれたちの敵。害虫駆除《がいちゅうくじょ》のエキスパート必ず根《ね》絶《だ》やしにする除草剤《じょそうざい》、ただし農作物もすべて枯《か》らす。

ミッチーをナイフで刺した奴を二人知ってるが、一人目は膝《ひざ》の皿両方6Pカットチーズみたいに、二人目は左手首と顎《あご》の骨を１８０ピースパズルみたいに、医者が「おう、なんで一切ったハッタは仕事のうちだが、これ組み立てろっておっしゃるならば別料金をいただかなけりゃ割りにあわねーってもんですぜ旦那《だんな》」と愚痴《ぐち》をこぼすほどグチャラグチャラのバランバランにへベホベのベロンベロンに砕《くだ》き切った、素手《すで》で。つまるところミッチーのステゴロはブラックジャックよりも強し！　そしてミッチーは翌日から出社しブラックジャックでスティユデントたちをひっぱたいていた。ターミネーターか！

道太郎、佐治道太郎、くそ野郎。

おれにはネーネがいる。小中高とネーネはおれより二年早く入学し二年早く卒業していった、同じ学校を。つまりネーネもアッパラパのお頭《つむ》ゆるゆるだ。ただネーネのスンゴイ所はお頭の緩《ゆる》さ加減だ。ネーネは九九《くく》以上は数学どころか算数も知らない漢字は書けないどころかほとんど読めない。生物には動物と植物がいることも理解しているか、かーーなり微妙だ。そんなネーネはお頭もゆるゆるだがおまたもゆるゆるなのはいたしかたない。ネーネは困っている人を無視できないし、助けを求める人の手を振り払えない、いや振り払わない。ネーネは困っている人を無視できないし、助けを求める人の手を振り払えない、いや振り払わない。その先何が待っているかを考える知能がないからなぜ助けてはいけないのかが分からない。だから頼まれればホイホイおまたパカパカ、のべつ幕なしおまたマクナシ。

おれはネーネにおまたはそんなに気軽に開いちゃいけません、と懇切丁寧《こんせつていねい》に何度も何度も教えてあげた。だが理解できないネーネのおまたはゆるゆるだった。

おれは諦《あきら》めた。

そりゃーそうだ犬に人の言葉をしゃべれと言ったところでできるわけがないし、修道《しゅうどう》女《じょ》に求婚したところで受けてはもらえない。

だからおれは理解させる相手を変えた。

ネーネのおまたに群がる奴を片っ端から殴りんこしていった。年下だろうが年上だろうがチンピラだろうが教師だろうが殴りんこ。最初の三日で二十五人を殴りんこした。

ネーネは別嬪《べっぴん》さんだ。おれとネーネはおやじが一緒でおふくろさんが違うつまりベツ腹《ばら》。

ネーネのおふくろさんはかなり別嬪でおれのおふくろさんはかなり醜《みにく》かった。

おやじふり幅でかすぎ。

だからネーネは亜麻色《あまいろ》の美しー髪を持ち、お目目クリクリ華奢《きゃしゃ》なボデーにデカパイ舌っ足らずでかなり甘ったるい声でしゃべる。

男の欲望を満たすためだけに生まれてきた超絶スペシャル女神さまなのに対しおれは、上の前歯2本がやけにでかくて鼻の下が長い、顔はでかくうりざねで長い、手足はひょろりと長く下っぱらがポコンとしてて手のひらが異常にデカイ。

あだ名はネズミくりそつなので「マウス」

ネーネは会う男すべてに欲望をおれは会う人間すべてに不安と失笑をプレゼントしつづ

ける容姿《ようし》を持ったおとぼけハロウィンブラザーズなのでした。

おれはネーネにノートを渡し、おまたパカパカした相手の名前を書くようにお願いした。ネーネは頑張《がんば》って、きたねーヒラガナでその日その日のおまたパカパカバカオ君の名前を書いて渡してくれた。

これはできた。かなり嬉しい。ネーネ！　一歩文明人に近づきましたよー。

このノートは取り立て帖《ちょう》だ。おれはこのノートの君を見つけ出し殴りんこしていった。ひと月もたてばネーネにおまたぱかぱかしてーとお願いするナイスガイはいなくなった。

それでもネーネは毎日ノートを提出してくれた。そこには男の名前ではなく、

「くつしたほしい」とか。

「おかすたべたおいしい」とか。

「くつしたほしい」とか。

「てれひみたたもりすき」とか。

「くつしたほしい」とか。

おれはネーネに靴下を買ってやり、ネーネの前に跪《ひざまず》き、ネーネの腹に顔をうずめてオンオン泣いた。

ネーネこれは日記だよ！　毎日の記録だよ！　ネーネ、日記はだれもがトライし、かなりの人間が挫折《ざせつ》するウルトラ超絶文明アイテムだよ！　ネーネ！　ネーネ！　ネーネ！

ネーネ！　ありがとうネーネ！　愛してる神様！　チョーー愛してる！

おれはその日から首にクロスをかけている。


ネーネが高二でおれが中三のとき、ネーネの日記ノートには異変が起き始めていた。

「びがろといふ」

「びがろとはなした」

「びがろかこいい」

「びがろすき」

「びがろいないあいたい」

「びがろすき」

「びがろすき」

「びがろすき」「びがろすき」

こいつはまいっちんぐ。

ネーネは今までおれだろうが野良犬だろうがおまたを狙ってくるハイエナだろうが公明《こうめい》正大《せいだい》に愛してきた。

誰だろうが力いっぱい全力で愛してきた。

全方向ベクトルマックスで愛してきた。

だが今ネーネの愛のベクトルは一方向マックスに向かおうとしている！　これは危険だ。かなりヤバゾー君だ。おれがその対象なら勘弁《かんべん》願いたい。こんな高出力愛情レーザー食らったら不沈艦《ふちんかん》のドテッ腹にでも穴が開《あ》くっつーの！

ネーネは一度猫を飼ったことがある。まだ小学生くらいのころだ。ネーネはその猫を愛して愛して愛して愛して愛して愛して愛して愛して愛して愛し殺した。

朝から晩までネーネはその猫を抱き頬《ほお》ずりしキスをし話かけ続けた。おれは覚えてる。死期が近づいてきた猫はネーネの腕の中でぐったりしていて目はうつろでよだれを垂《た》れ流し体中に十円ハゲができていた。

おれはそのとき思った。

ネーネの愛は殺す。

「ネーネびがろって誰？」
「ふふふびがろはねおおきーんだおー」
「だから誰？」
「びがろはふかふかしてるの」

「なに犬？」

「なにいっちゃてるのーいぬよりかーいーんだおー」

「なにヒト？」

「やさしーんだおー」

「だからヒト？」

「ておにぎってくれたんだおー」

「おおーなんか人っぽいなー」

「くんくんすんだおー」

「犬⁉」

「ありがたいんだおー」

「神⁉」

「おこるとつおいんだおー」

「荒神《あらがみ》⁉」

「エイゴしゃべれるんだおー」

「外人⁉」

「えあびがろだおー」

「なんか軽りーんだか重めーんだかよくわかんねーなおい。明日会うの？」

「あしたもつぎのひもずーとあうおー」

「どこで会うの？」

「がっこーだおー」

「いつ会うの？」

「ひるやすみだおー」

「ネーネびがろのこと好きか？」

ネーネは耳まで真っ赤にしておれから目をそらし恥ずかしそうに小さな声で言った。

「う、ん、」

明日昼休み学校特攻ケッテー！


びがろは確かにでかかった。

縦《たて》にもでかいが横にもでかい185㎝120㎏てなとこが妥当《だとう》な線ではないだろうか。

腕や首はギチギチの筋肉で体はサモアの屈強《くっきょう》の戦士みたいだ。

どこがふかふかしてんだよ！

どの辺がエアーだよ！

ばか！　ばか！　ばか！　バカネーネ！

「お前誰ね？」

おーかわいい声してんじゃん、び〜が〜ろ。

「中ー坊ーか？　俺なんか食らったって名前も大して上がらんよ。痛い思いするのは好きじゃないし、痛い思いはさせたくないんよ、ここは引いてくれんかね」

なんか良い奴だぞ！　びがろ好感触———！

「ん？　その制服、あーなるほどお前かチュッパに粉かけた奴片《かた》っ端《ぱし》からシバキ倒してる弟君はー次のターゲットは俺ってわけね」

あーあ地雷《じらい》ふんじゃった結構好きなタイプだったんだけどなーびがろ。

はい、ぶち殺しケッテー。

チュッパ。

チュッパてのはネーネに付けられた蔑称《べっしょう》だ。チュパチュパおしゃぶり上手のチュッパ。

ネーネは全く気にしてなかったが、おれはおれの前でその言葉をはいた奴は耳を千切《ちぎ》るか前歯を全部へし折ることにしている。

サウスポーのデトロイトスタイルからフリッカーをびがろのコメカミにくれてやる。

おれの腕は異常に長くおれの拳《こぶし》は異常にデカイ。おれはジャブでも頬骨《ほおぼね》をへし折るし奥歯だって砕く。おれはこーやってネーネに群がるハイエナを潰《つぶ》してきた。ほとんどの奴が一、二発のフリッカーで血反吐《ちへど》はいて膝を突いた。

ハイエナ三十人ぐらいの頬骨へし折ったらちょっとした通り名がついた。

「これが噂のハンマーマウスのハンマーかー！　クー！　キクのー」

びがろはコメカミを摩《さす》りながら余裕綽々《しゃくしゃく》で立ってた。

「それじゃー俺のエアーも見せんといかんのー！」

びがろはおれに抱きついていた。あまりに速い胴タックルで、おれの体がふわりと浮いて次に来るのは反《そ》り投げ！　俺の体はまるで無重力だ。これはなるほどエアーだわーーズダダダーーおれは左肩から地面に落ちた。すぐ立ち上がる。

「おかわりーー」

ズダダダダドーーー
「もう一丁ーーー」

ズダダダダドーーー
俺は口から血を吐《は》いた。あーなんかすごいねーしかし。

おれは仰向《あおむ》けに寝転がったままびがろを見た。びがろはズボンに付いた土を払っていた。

びがろがおれの横にしゃがみ込む。

「ちゅーちゅーマウスの弟君さーあんまりシスコンは見苦しーわ。どうよ上には上がおること分かっ」

びがろが俺から視線を外し、ある一点を見ていた。おれも釣られてそっちを見た。

弁当箱持ったネーネが立ってた。

「やめてー！　こわさないでー！」

ネーネはおれに駆け寄り、覆《おお》いかぶさり泣きながら叫んだ。

「わたしのいちばんたいせつなものこわさないで！」

「わたしのたからものこわさないで！」

「わたしからとりあげないで！　もういじめないで！」

涙と鼻水と涎《よだれ》と汗となんかドロンドロンのネーネは最後に言った。

「びがろきらい！　びがろしね！」

びがろは立ち上がり困った顔をしながら、

「でもよーチュッパ……」

「ネーネをチュッパって呼ぶなー！」

立ち上がったおれを見てびがろも反射的におれの胸ぐらを掴《つか》む。

「びがろしねー！」

へ？

振り向くとネーネは弁当箱についてるプラスチックの箸《はし》を両手で掴《つか》み、びがろに向けていた。

いやいやいやネーネそれはまずいでしょと制止しようとしたとき、ネーネは目をつぶり走り出した。

「しねーー！」
ドス！　ブスリ。ネーネの箸は背中に突き刺さった、おれの。
そりゃそうだよ。ネーネとびがろの直線上にはおれがいるんだから目ーつぶって走れば
おれに刺さるわなー、いってー！　ちょーいてー！　うわ！　おっ！　結構ー深く刺さっ
てる！　バカ！　ネーネ抜くな！　だから抜くなって言ったじゃーん。うわ！　すげー血
出てんじゃんかー。あーなんかさむいこれやばくね。に？　ったくおれ口からも血いっぱ
い出てんじゃんよーーネーネ揺するなって！　マジ揺するなッつーの！　揺するたびに血、
噴《ふ》いてるから！　マジ、ネーネやめて！
おれはここで落ちた。

目を覚ましたら病院のベッドだった。おれはうつ伏《ぶ》せに寝かされ口から喉の奥までチュ
ーブ突っ込まれてた。
おれの視界に見知らぬ男がパイプ椅子《いす》に座りおれを見ていたジャージに白衣、短く刈り
込まれた短髪、トシは三十五、六ぐらい。医者か？
「んー？　おー目ー覚ましたかー？　俺はお前の姉貴《あねき》の担任様で佐治道太郎だ。お前に話
があってなー姉貴お前刺しちゃっただろ。これかなりまずくてさー姉貴施設行きかもしれ
ないんだわー。なんかさー話聞くに姉貴そんな悪くなさそうじゃん、お前も姉貴施設行き

やだろ。ここは俺と口裏合わせてくんねーかな」

　ここでこいつは煙草《たばこ》を取り出し火をつけた。

「お前は姉貴の忘れた弁当を学校に届けに来た。途中で箸を入れたかどうだか心配になり弁当から箸を一本だけ取り出した。そこで階段から落ち、箸は背中に刺さり肺にまで達した。お前はバカみたいにそれを引っこ抜き校内を血の海にした。通りかかった俺はすぐさま119。そこにたまたまお前の姉貴が現れ大惨事《だいさんじ》に気が動転わけもわからず自分が刺したと口走る」

　奴は肺いっぱいに煙を吸い込み、吐き出した。

「こんなとこだろ」

　俺は体の動きそうな部分を探し右手の親指と中指が動きそうなので何《なん》とか丸を作りヒラヒラさせた。

オーケーオーケオールオーケ。

　奴は煙草を踏み消し、悪魔みたいな笑顔で言った。

「俺のことは忘れろ。オメーは俺を知らないし、会ったこともない。そーしないとつじつまがあわねーからな」

　奴は白衣の裾《すそ》を翻《ひるがえ》し病室を出て行った。これがあいつに対する借り。

おれは五時定時にくそったれたしみったれた倉庫を出て原付で横浜駅のファミレスに向かう。くそったれには、ねほりはほり電話の内容を聞かれたが無視してやった。くそったれは女の匂いに敏感《びんかん》だ。おれが行きつけのおっぱいパブで楽しい夜を過ごした次の日は必ず絡《から》んでくる。

「昨晩はお楽しみになられたようですねマスター。マスターが居らっしゃらない間、わたくしが重要な案件はすべて処理しておきましたので、マスターはいつでもおっぱいをモミモミにお出かけくださいませ」

なんて嫌味《いやみ》を言ってくる。なんだあいつは。おれのおふくろさんかってんだ。機械のくせしやがって。

テニシュー、ジーパン、パーカ、グラサン、ニットに半帽、背中にリュック、くわえ煙草、顎鬚《あごひげ》ボーボー、髪は鎖骨《さこつ》にかかるぐらい生やしっぱなしで顔はマウス。

そりゃー必死だったろうよ。親父のつてで会ったこともない野郎に電話して助けを求めなくちゃいけないくらい必死だったろうよ。そこに現れたのが貧《ひん》そなネズミじゃガッカリもするだろうさ。おれも大人だ責めないよ。でもさそんな露骨に顔に出すのはどうかねーとおじさん思うよ。

助けてガールはガキだった。

精神的にとか、体型的にとかではなく正真正銘のジャリガール。

白シャツに黒のカーデガン紺《こん》とか赤とかのチェックのスカート黒のハイソックスにローファー。

猫に似ている目。
猫のように大きな目。
猫のようにつり上がった目。
猫のように美しい目。

おかっぱ、見事なまでのおかっぱ。真《ま》っ白《しろ》い髪、スノーホワイト、ぬけるような白髪《はくはつ》はまるでアルビノのニシキヘビのよう、見事なまでの白がっぱ。見事なまでのジャリガール。

顔はかわいいんだけどなー。

おれは半帽を脱ぎ四人掛けテーブルのジャリのトイメンに座った。

「おれのことはマウスって呼んでーそれ以外の名前で呼ばれてもオジサン返事しないぞー」

「――――」

「あれーどうしちゃったのかなー、ほっらっコールミーカモッセイヨー」

「――――」

「あれー照れてるのかな、ほっらっ自分で決めたボーダーライン飛び越びこえろ！」

「ふざけないでください‼」

バン！　おかっぱはテーブルを叩き立ち上がる。かなり本気に怒っているようで体がプルプル小刻みに震えている。おれは遠目から何があったのか覗《のぞ》いていた店員を呼び、

「目玉焼きハンバーグと大ライス」

「ふざけないでください!!」

テーブルバンバン!!

店員ビク!!

「あとコーンスープ」

「！！！！！！」

テーブルバンバンバンバン!!

店員注文を繰り返さず足早に退避《たいひ》！

「そんなに興奮すんなよ美人が台無しだぜー女の子はおしとやかに、とは言わないけどヒスは男が嫌う女のナンバーワン！　いただけないなー」

煙草に火をつけクリクリお目目を人差し指で指《さ》す。

「佐治まことさん」

ジャリガールはクリクリお目目を2．5倍ぐらいに開き口をパクパクしていた。

それじゃーお話伺《うかが》いますか。

「おとーさんは生きてる？」

ジャリガールは眉間《みけん》にしわを寄せ目をそらした。

「ここはおれにとって最重要課題なわけ。ここを避《さ》けて通ると右にも左にも前にも後ろにも上にも下にも行けないわけ。も一度聞くよお父さんは生きーー」

「死にました」

「最悪だわーーー!!」

「お願いします！　助けてください！」

「誰にやられたの？」

「お願いします！　頼れる人がいないんです！」

「誰にやられたの？」

「お願いします！　貴方《あなた》しかいないんです！」

「誰に殺《や》られたのかって聞ーてんだよー!!」

おれテーブルバンバンバン！

「父は半年前、病で亡くなりましたが！」

ジャリテーブルバンバンバンバン！

あっそ、病気ねー。

「私は今、自分の力ではどおにもならない窮地《きゅうち》に立っています！　貴方のお力が必要なのです！　どうかお力をお貸しください。お願いします」

ガン！

ジャリガールは、でこを思いっきりテーブルに叩きつけた。

「なにとぞ、なにとぞ、なにとぞ」

うわ！　こわ！　お前こーゆーんを恫喝《どうかつ》ってゆーんだぞ！

「おれは借りがある。かなりデカイ借りだが返す気満々だ。金なら100、200程度なら用意できる！　誰かぶち殺してほしーてんなら今すぐ殺ってやる！　さーマコチン！　欲望のままに！　魔法のランプのネズミに願いごとを！」

「貰《もら》っていただきたいのです」

「はー？　何言っちゃってんの与えるのはおれで貰うのは君、ほら！　なんでも願いごとコールミー！」

「おそばに置いていただきたいのです」

「はー？　だからサンタは子供にクリプレ貰わないでしょーよ、サンタはおいらで君じゃない〜。おれがそばに置くもの貰ってどうすんの、あ、それともあれ？　やばいブツでも持ってんのオーケーおれが預かっちゃうよー」

テーブルバンバンバンバンバンバンバン！！！

「結婚してほしいのです！」

ジャリガールは目に涙をため耳まで真っ赤にし、おれを睨《にら》んでいる。おれはさすがにこの展開は考えてなかったわー的な表情でジャリガールを見て言った。

「お友達から、お願いします」

「意気地《いくじ》なし」

まことさん　佐治まことさん　お嫁さん。

佐治まこと

十五歳、超お嬢の巣窟《そうくつ》私立《しりつ》鷺山女学園《さぎやまじょがくえん》中等部三年生、身長150㎝体重不詳《ふしょう》趣味刺繍《ししゅう》、好きな画家はモネ好きな花はユリ。

おれが一時間かけ聞き出せたのはこんなどーでもいい話だけだった。

なぜ？　おれ？　その辺はトップシークレットらしい。ただ結婚しないと自分は大変なことになるとのこと。

誰でもいいわけではなく、あえておれだということ。

そしてこれが最重要！　今日は帰る気がないということ。

「なぜ分かったのですか？」

マコチンが不思議そうに、怪訝《けげん》そうに聞いてた。おれたちはファミレスを出て桜木町《さくらぎちょう》方面に高架《こうか》の上を歩いている。おれは原付を押し、マコチンはドデカドラムバッグを肩にかけてる。

「なぜ私の名前が分かったのですか?」

彼女の正面に立ち、目を真っすぐに見据《みす》える。

「運命」

おれはこのセリフの価値を知っている。何せおれはこのセリフでキャバやオッパブで笑いの山を築《きず》いてきた男だ。

女の子が一瞬キョトンとし、その後満面のいやらしい笑顔で笑う。

「やだ! もー!」

あの瞬間おれはいつも胸のクロスを握りしめ神に感謝する。

さあ来い、笑いのビッグウェンズデー。

伝説の笑い波は来なかった。

その代わりマコチンは耳まで真っ赤にしてうつむいていた、

「信じています」

は!?

「私も運命を信じています」

何言っちゃってるのマコチン！　どーすんのこの惨劇《さんげき》！　分かんなかったかなーギャグですよーオジちゃんの渾身《こんしん》のギャグですよー。

「私は今、神を近くに感じます」

マコチンは涙を流し、満面の笑みでおれを真っすぐ見る。

神様、愛の鞭《むち》が痛い。


なんでマコチンの名前が分かったか。

答えは簡単。世界最高峰のセキュリティーシステムは世界最高峰の検索演算システムでもあるということ。ヴォルグ2000、くそったれはなんでも知っているのだ。

世界で今日何が起こったのか、明日は何が起こるのか、みっちーの娘の名前が何か、おれがオッパブでいつも指名している子はなんて名前か。

そして、マコチンの本当の狙いはなんなのかも知っている。

それは明日くそったれに聞こう。

おれはまずマコチンの今日の寝床を用意しないといけない。まこちんはマイスイートホームに行くと言ってきかなかったが、それは何としてでも阻止《そし》しなければならない。

何故なら、おれの家にはネーネが居るからだ。

××××

おれは今ネーネと二人で暮らしている。

ネーネはびがろの一件以来、ネーネにとっておれがいかに大事で、おれがいかに愛《いと》おしく、おれをいかに愛しているのかに気づいた。そう気づいてしまったのだ。

それからの十年間、ネーネは高出力愛情レーザーをおれの全身に浴びせ、おれの精神と肉体を骨の髄《ずい》から蝕《むしば》んでいる。

ネーネは一日中おれを抱きしめ、おれに頬ずりをし、おれにキスをし、おれに話しかけ続けた。

十九歳で二人で暮らし始めてからは更に酷く一緒の布団で寝て、一緒に風呂に入り、おれの髪を洗い体を洗った。おれにプライバシーはなく、便所に入るときですらドアを閉めさせてもらえなかったし、携帯には一日三十件以上のネーネからの電話がかかり、おれが女の子と仲良くしようもんならネーネは泣きながらおれに無理心中をしかけた。

十年間。

十年間おれは耐えた。

十年間。

決して短い時間ではなかった。

おれはこの十年でネーネの扱《あつか》いにだいぶ慣れて一時期よりおれは精神の安定をもって日々の生活を送れている。

今、壊すわけにはいかない。

おれの根幹《こんかん》が訴える。あのころに戻りたいのか！　ネーネストレスで心療内科《しんりょうないか》通いを繰り返していたあのころにお前は戻りたいのか！　ネーネストレスで朝起きたら意味もなく奥歯が抜けているあの恐怖をもう一度味わいたいのか！

おれの根幹が、もう一人のおれが震《ふる》えた声で囁《ささや》く。

知っているんだろう。

お前が言っていたんじゃないか。

気がついてるんだろう。

あのことだよ、お前が一番恐れている、ずっと目を逸《そ》らし続けていたあのことだよ。

そう、おれは知っている。

知っていて目を逸らし続けて来た。


ネーネの愛は人を殺す。

だから起爆装置《きばくそうち》は作らない、持たない、持ち込まない。

男友達のとこにマコチンごと転がり込むわけにもいかないし、かといって中坊とホテルインするにはまだまだ修行が足りていない。するってーとマイスイートホーム以外考えられる場所はあそこしかない。たのむぜ！　マイハニー！

「いやよ」

「そこをたのむよー」

「絶対にいや」

「この埋め合わせはするからさー」

「ふんっ！　マウスが埋め合わせ？　そんなことしたことないくせに、心にもないこと言って私を騙《だま》せると思うの？　この子を私に押し付けて愛しいお姉さまのところに早く帰りたいだけでしょうが！　このシスコンネズミがっ!!」

「この前、誕生日に花とプレゼントやっただろうがっ!!」

「そういうことなんだ。あのプレゼントと花はそういう意味なんだ。物でもやっときゃホイホイ言うこと聞くと思ってんだ。調子にのるなよ糞《くそ》ねずみがー！！！」

「おこんなよー違うよー言葉のアヤでよーそんなつもりじゃないんだよー頼むよー信じてよーミチルちゃんにしか頼めないんだよーお願い！　お願い！　このとおり！」

「はっ！　クズが！」

「このとおり！」

「しらじらしいのよ！」

「このとおり！　なんでも言うこと聞くから！」

「——なんでも？」

「なんでも！」

「一日私だけのマウスになってくれる？」

「ミチルちゃんのチュウチュウマウスになっちゃう！」

「お姉さまのこと忘れて私だけを見てくれる？」

「ミチルちゃんのことだけ見ちゃう！」

「一日中優しくしてくれる？」

「しちゃう！　優しくしちゃう！」

「私わがまま言っちゃうかも」

「マウスわがままなんでも聞いちゃう！」

「帰り遅くなってもいい？」

「いいよー」

「泊まりでもいい？」

「いいよー」

「じゃ温泉とかーー」

バン！　バン！　バン！　バン！！！

マコチンがバーカウンターを両手で力強く叩き立ち上がった。怒りで肩がプルプルふるえている、
怖えー！

「なんなんですか！　聞いていれば汚《けが》らわしい！　私は今晩マウスさんの家にお泊まりしたいとお願いしたのです！　それがなぜ！　どう間違って！…………………………この男の家に泊まらなければならないのです！」

マコチンにビシっと指さされたミチルちゃんは不機嫌そうにこっちを睨んだ。

怖えー！

力丸《りきまる》　満《ミチル》
彼はこの横浜港を仕切っている二大巨頭の一方、株式会社力丸のトップ力丸《りきまる》干潟《ヒガタ》の次男坊だ。力丸家には三人男子がいて、長男懸《カケル》、次男満《ミチル》、三男余《アマル》。

長男は会社に入り次期トップ、三男は子会社でかなりダーティーな仕事をしているらしい。

〈皆鳥《みなどり》〉と〈力丸〉。横浜でこの名前を知らない奴はいないだろう。横浜港の上半分を仕切っているのが〈皆鳥〉—皆鳥ホールディング。下半分が〈力丸〉—株式会社力丸だ。港には様々《さまざま》な仕事がある。船の運航、着岸《ちゃくがん》は元よりコンテナ保管、運搬、輸送、船の燃料から船員、作業員の手配。おれがやっている倉庫業まで思いつくとこだけでもこんなにあり、実際はもっと多種多様にあるはずだ。そのすべてを上と下で二つの企業が独占的に商《あきな》いしてる。それが横浜港のパワーバランス。誰も文句はない今までこうしてきたし、これからもこうだろう。

横浜は港の街だ。物が世界中から集まり、世界中に散らばってく。そして人が群がれば体擦《こす》り合《あ》って垢《あか》物が動けば金が群がり、金が群がりゃ人が群がる。そして人が群がれば体擦り合って垢みたいに金を落っことして、落ちてれば拾うために人が群がる。人が群がればまた金が落ちる。それを拾うためにまた人が群がる。金と人の永遠に続くスパイラル。

スパイラルシティーヨコハマ。

シティーの中心はむちゃくちゃな量の物《ブツ》が動く港。横浜の中心は港。そして港は天下の〈皆鳥〉と〈力丸〉が仕切ってるわけであいつ等は横浜の中心、この二つは横浜では百獣の王であり、その血族はこの街のセレブリテつーわけ。

文句？　出ないよー。みんなそのどちらかに寄りかかって生きているみたいなもんだし文句なんて言えない。

怖いし。

ミチルちゃんはここ吉田町《よしだまち》で一階はダイニング、二階はバーカウンタの店をやっている。一階は白の塗《ぬ》り壁にウッディーな内装、間接照明バリバリでゆったりとしたソファー系が多い。

ま、かなりオサレーな感じだ。平日なのにかなり混んでる人気店。

おれたちのいる二階バーカウンターはがらりと雰囲気が変わる。

窓一つない完全な密室、カウンターと六つのスツール、直接照明の明るい光、床も壁もカウンターもスツールもすべて白、眩《まぶ》しいばかりの白。それと対《つい》をなすように黒いワイシャツ、黒いベスト、作り物のように美しい黒髪、顔はナイフで切ったような切れ長の目、薄く真っ赤な唇、高い鼻、青磁《せいじ》の様に青白く青磁のように美しいミチルちゃん。この部屋にはそれしかない。

完全に完結した空間。

ミチルワールド。

ミチルちゃんはおれの高校の先輩、ネーネの同級生だ。ネーネに手を出そうとした弟のアマルをおれがフルボッコ。ミチルちゃんがその仲裁《ちゅうさい》したのがきっかけで仲良くなった。

ちなみにアマルはおれと同級生。こいつは親父の名前さえ出せば誰でも言うことを聞くって勘違いしちゃったおバカバカさんだ。

ミチルちゃんはおれとネーネのことが気に入ったらしくよく三人でつるんで遊んだもんだった。ミチルちゃんはすげー楽しい奴だしおれやネーネに優しかったからおれは、あー良いな～ミチルちゃんみたいな兄貴がいたら幸せだなーなんてバカなことを考えていた。

そんなある日。

ミチルちゃんはおれを力丸本家にある自室に連れて行った。二人掛けのソファーにおれを座らせその横に座り、おれの目をじっと見つめておれにこう言った。

「私の愛を受け入れてほしい」

おれは受け入れることにしてみた。

まー、このころにはネーネの高純度愛情放射能を朝から晩まで浴びてたし、愛情一人分も二人分も大して変わんねーんジャン的な感じもあったからすんなり受け入れてみた。ミチルちゃんは右手でおれの頬を優しく擦《こす》り優しくキスした。

そんな感じでミチルちゃんとおれのプラトニックな関係は今に繋《つな》がるのでした。

キスはしたけど。

「私は絶対に嫌です！」

「私だって嫌よ！　マウスこの話はなかったことで」

「怒るなよー二人ともー、いいじゃん話し合おうぜ三人で、マコチン、ミチルちゃんちすごいよー、広いよーベッドなんてキングサイズでウォーターベッドでボヨンボヨンだよー」

「ベッド！」

「マコチン！　違うの！　変な想像しないで！　そんなおののかないで！　おれとミチルちゃんはそんな関係じゃないから！」

「キスはするけど」

「マコチン違うの！　ワナワナしないで！　キスってもほら挨拶みたいな、外人みたいな、フレンチみたいな、」

「恋人みたいなキスをするわ」

バン！　バン！　バン！　バン！　バン！！！！

「貴方たちは何を考えているのです！　同性愛は神の教えに背《そむ》く行為です！　分かっているのですか！」

「はっ！　この原理主義者《ファンダメンタリスト》が」

「いぃーーーーー！！！」

「わかった！　わかったから！　二人ともやめて！　マコチン、怒りも神が定めた大罪の一つだよ。ミチルちゃん、相手はコロコロチビッコロなんだからもっと大人な対応をして。ねーおねがい！」

ウーン、ウーン、ウーン

携帯が唸った、ほい誰ざんしょ？

「俺だけど、マウス今どこね？」

ヤッベー！　忘れてた！　今日はびがろのネーネ巡礼《じゅんれい》の日だった。

×××

びがろ

本名武山武《たけやまたけし》、独身、カリホルニア生まれ、十五歳までアメリカ育ち。アマレス、カリホルニア州ジュニアハイスクールチャンピオン、握力は両手とも百キログラム、得意技「エア」、おれのイッコ上でネーネのイッコ下。おれが行ってた高校始まって以来の秀才で防衛大学首席で卒業。今は海上自衛隊幹部自衛官、御国《おくに》を守る軍人さんで一年のほとんどを海の上か外国か基地で過ごす千日回峰行みたいな生活を過ごしている。びがろ唯一《ゆいいつ》の楽しみは年に二度三日間与えられた貴重《きちょう》なオフをネーネと共に過ごすこと、これがネーネ巡礼。

ネーネの家に泊まり、ネーネと飯を食い、ネーネの家事を手伝い、ネーネと買い物に行き、ネーネとテレビを見て、だらだらネーネと三日間を過ごす。

まっおれもいるんだけど、おれん家だし。

びがろはその昔、おれをしこたま投げ飛ばしてネーネにしこたま嫌われている。ネーネはおれが居ないとびがろを家に上げないし、おれがいないとびがろとは口も利《き》かない。おれがいないと笑顔をも見せないし、並んで歩いてはくれない。ネーネのびがろ嫌いはテッテーしている。それでもびがろはネーネを本当に好《す》いているらしく、その後もネーネに粘《ねば》り強く食い下がり、今の状況を勝ち取ったっつーわけ。びがろのそれは求愛というより信仰《しんこう》に近い。だから巡礼、ネーネ巡礼。

「お前今どこね？　お前がおらんと家に入れてもらえんのよ。お前もいろいろあるかもしれんが俺もこの半年ずっとこのときを楽しみに船の上で過ごして来とるから一刻も早く家に入ってお前の姉貴に会いたいわけよ。お前もいろいろあるかもしれんが俺は半年間このお土産《みやげ》喜ぶかなとか会ったらどんな話をしようかとか考えながら船の上で過ごしてきたわけよ。お前もいろいろ——」

「分かった！　今すぐ帰るから！　五分で帰るから！　すぐさま帰るから！　神速で帰るから！　待っててびがろホントにすぐに帰るから！」

「……はよしろや」

ブツッツー、ツー、ツー

怖えー！

「マコチン、真面目な話かなり状況は逼迫《ひっぱく》してるわけで今日のところはミチルちゃん家《ち》で勘弁《かんべん》してくれねーかな？」

「嫌です！」

「そこをなんとかサー」

「嫌です！」

「はっ！　男を立てることも知らないのかしらこのお嬢さんは。ま、その小さい胸じゃ立つ物も立たないでしょうけどね」

「男なあなたに言われたくありません！」

「私はそんな中途半端な膨《ふく》らみならない方がマシって感じがするけど、言っとくけどマウスの好みは牛みたいな乳したツインテールのタレ目の女よ。そのブラジャーは見栄《みえ》でしてますみたいな慎《つつ》ましやかな青い果実は同情は引けるけど欲情は引き出せないと思うけど」

「ミチルちゃん！　なんでおれの好み知ってんの！　おれそんな話したことないと思うけど」

「私はねマウスのことならなんでも知ってるの。どんな女性が好みか。どんなプレイが好みか。月に一回給料日にお姉さまに残業だって言い張って通っているおっぱいパブ『萌《もえ》の都《みやこ》、千《せん》パイ』でいつも指名する渚《なぎさ》ちゃんはツインテールでタレ目で爆乳なことも」

おれは体中から血の気が一斉《いっせい》に引いていく音を聞いた。

ザッザザー
「私はいいの、私はおっぱいなんて元々ないし殿方《とのがた》がそれを偏愛《へんあい》するのには理解があるつもり。でも貴女《あなた》はどうなの？　女でしょ？　付いてるんでしょ？　役に立たない失敗作が二つ」

「成長するかもしれないジャン！　ねーマコチン！　ほら、聖書も言ってんジャン、貧《まず》しいものは幸いであるって。おれは好きだなーペッタン子、なんかあれジャン、おれこんな子に手ー出して犯罪じゃないかな？　みたいに興奮すんジャヤ」

思いっきり叩かれた。

ぽろぽろ涙を流し、下唇を噛《か》み怒りでの人格崩壊《じんかくほうかい》をなんとか食い止めているマコチンは相手を叩くときの力の制御《せいぎょ》ができないらしく、おれの右耳はキュイーーーンと高音を上げそれ以外の音を受け付けなくなっている。

きっと右耳を中心にくっきりかわいい小さめの手形が付いていることだろう。

おれは確かに無神経かもしれない、マコチンの心の機微《きび》を感じ取れていなかったかもしれない、それによりマコチンの心を傷つけていたかもしれない。これは強く反省すべき点だ。だが、しかし、ここで諦《あきら》めてはいけない、マコチンのブロークンハートを癒し、笑顔を取り戻し、彼女の重荷を取り払わなければならない。おれにはその義務がある！　何故ならおれは今彼女に光を与える救いの言葉を思いついたからだ。

言葉は力だ、力あるものは責任を果たさなければならない。

ノブリス・オブリージュ《力ある者の義務と責任》。

さあ迷える子羊よ、お前を奈落《ならく》の崖《がけ》の淵《ふち》から救う羊飼いたるおれの声を福音《ふくいん》として聞け。

「マコチン大丈夫、小さい方が感度はいいらしいよ」

逆の頬を思いっきり殴られた、グーで。

ウーン、ウーン、ウーン
たく！　誰だよこの忙しいときに！

びがろだった。

「お前今どこね？」

「そっちに向かってる途中っ。てへっ、待っててもうすぐ着くからね」

「………はよしろやッ」

プツッ
これ以上の猶予《ゆうよ》はない、びがろの怒りゲージはマックスを振り切っているだろう。こうなったら——

「マコチーン」

しまいそう」

「この子を置いて行ったら私はこのアイスピックでこの子の信仰心《しんこうしん》の強さを一晩中試して

分かった。分かったお前たちの気持ちはよーく分かった。オケーオケーオールオケー、どちらも引く気はないと、おれの話は聞く気はないと、オケーヨー。

「ミチルちゃーん」

「嫌です!」

「ミチルちゃんまたね、温泉楽しみにしてるね」

「二人きりで?」

「ネーネも入れて三人で露天風呂でも入って酒飲んでうまいもん食って地元のスナックでカラオケでもして盛り上がろうよ楽しーよー。後で電話する、待っててね」

「はいはい」

おれはミチルちゃんの頬にミチルちゃんはおれの頬に軽くキスをした。

おれとマコチンは店を出た。原付のメットインから半帽を出しマコチンのおかっぱ頭に被《かぶ》せる、なんかメットにメットしてるみてーでへんなかんじ。

「後ろ乗って」

「これは一人乗りなのではないのですか?」

「緊急事態だから今から二人乗り」

「法律に触れるのでは？」

「大丈夫！　緊急事態だから！」

しぶるマコチンを後ろに乗せ、しぶる両手を腹に巻きつかせ、しぶる胸を背中に密着させスタート。

びがろー待ってて——怒らないでね——悪いのはおれじゃないから——時代じゃないから——オカッパだから——。

マコチンはかなり怖いらしく何も喋らず力の限りおれの体に抱きついている。ごめんねマコチンフルスロットルで、悪いのはおれじゃないから——びがろだから——。

その間も携帯はびがろからのまだかコールでウーンウーン唸ってる。

許してびがろ！

×××

繁華街《はんかがい》を少し外れたオサレゾーンにあるミチルちゃんの店から横浜ダウンタウンのおれん家《ち》までは原付フルスロットルで五分程度。オサレゾーンと言ってもこきたないギラギラ輝く旧横浜中心歓楽街伊勢崎町《いせざきちょう》のすぐ近く。ストリート一個挟めばヘルスと、ソープと、ラブホと、カジノと、韓国料理店と、中華料理店と、タイ料理店と、それに群がる人間達と、人間に群がる堅気《かたぎ》ではない方々がブレイクされる前のビリヤードの球みたいにひしめいてる。人間が思い描く欲望がすべて金で買えて、まー人間の欲望ってチープゥねって思わせてくれるホントスンバらしい街だ。

ミチルちゃんの店がある山の下はイカガワシイし楽しい。ガキの頃からおれはここで過ごしてきた。初めてカツアゲされたのも、初めてカツアゲしたのも、初デートも、初マンビキも、初バイトも、初補導も、初逮捕もここで経験した。

そんでもってそこから五分のおれん家は山の上にあり結構静かなとこにある。ダウンタウンなのに山の上これはいかに？　しらね。

野毛山《のげやま》近くのアパートで2K風呂トイレ別家賃六万五千円なり。二階建て、四戸有って二階の右がおれん家、おれとネーネの愛の巣『霞荘《かすみそう》』。

六年前おれのおふくろさんが死んで親父は失踪《しっそう》した。おふくろさんはおれに似て醜かったけど優しかった。おれにもネーネにも親父にも聖母の様に優しかった。働かない親父の代わりに働き、クルクルパーなネーネに根気よく読み書きを教え、醜いおれには恥じるなと叱咤《しった》した。

容姿《ようし》を恥じるな人間の本質はそこにはないと言った。

他人を自分より上だと思うな下だと思うな人間に上も下もなくあるのは瑣末《さまつ》な違いだけだと言った。

奪うな奪ったものはお前の手では有り余るものばかりだと言った。

そして受け入れなさいと言った。すべてを受け入れなさいそれがあなたなのだからと。

おれとネーネと親父はおふくろさんに愛されそのふところの中でぬくぬく暮らしていた。

そんなある日おふくろさんはコロッと死んで、葬式《そうしき》を出し、火葬をし、あー終わった終わったと家に帰ったその晩おふくろさんの骨と親父が失踪した。朝起きて親父もおふくろさんもいなくてかなりビビったが、なんか二人ともいないと二人で駆け落ちしたみたいで、二人で手に手をとっての逃避行《とうひこう》みたいで、おふくろさんが生きているみたいでなんかほっとした。

それ以来ネーネとおれはここに引っ越し二人でいちゃいちゃ暮らしている。

アパートの前には右手にはドデカイバラの花束左手にはブランド物の紙袋を四、五個持ち銀色の高そーなキャリーケースに腰かけ高そーなスーツに身を包んだびがろが五条大《ごじょうおお》橋《はし》の弁慶《べんけい》みたいにとおせんぼしている。

あーかなり怒ってるわーびがろはおれたちを確認し大きく舌打ちを一つ。

「なんねこの子は」

「佐治まことさん」

「名前はきいとらんよ、なんね」

「いろいろあってさーちょっとご一緒させてあげてお願い！」

びがろに両手を合わせたゴメンチャイ！　びがろは鼻から大量の溜息《ためいき》を吐《は》き出し鬼神《きじん》の形相《ぎょうそう》でおれを睨みつけ、それでも早くネーネに会いたいらしく大きく舌打ちした後、「いくぞ」とおれの部屋に向け階段を上がって行った。

「おかえりまってたおー」

ネーネはおれの帰りが遅くやきもきしてたらしくテンション最高潮でおれたちを部屋に招き入れた。よし、第一関門突破。

ネーネはおれに抱きつき、頬にキスをし、おれの腕に絡《から》まりおれの首筋に頬擦りをしてくる。

「きょうはおそかったおーしんぱいしたおー」

ネーネはおれの首筋に鼻をくっつけ甘ったるい声で言ってきた。

「いつもおりおそいおーごはんさめたおーしょうがやきだおー」

ネーネのクッキングレパートリーは三つ。生姜《しょうが》焼き、ポテサラ、豚汁《とんじる》。この三つが出来ればあとは応用で結構レパートリーが増えそうだが後の料理はバッドスメルでデンジャーだ。

今日は生姜焼き。

「ネーネ今日からびがろ泊まるから」

「いいおーうれしいおー」

ネーネはにこにこしている。ネーネが嬉しいのはびがろが居るからではなくおれがびがろ滞在三日間中有給をとるからだ。土日以外でおれが一緒にいる、それも三日間。ネーネには至福《しふく》の時らしい。

「びがろよくきたおー」

「おうっよろしく頼むわ、これ土産《みやげ》」

びがろはまずドデカ花束をネーネに渡した。

「ばらだおーきれいだおー」

ネーネテンションマックス。

「後これ、サイズ合うかのー」

びがろはブランド紙袋の一つから高そうな靴を出した。エナメルみたいによく光る黒の革靴、ネーネを知り尽くしているびがろがサイズを間違えることはありえないだろう。

「よるにくつはおろせないおー」

「これは一本取られたのー」

びがろ嬉しそう。

それからびがろはバッグ、香水、ネックレス、指輪などを次々ネーネに渡していく。びがろはネーネに会うといつも高価なプレゼントをする。ブランド紙袋の中身を出しつくすと今度は銀の高そうなキャリーバッグを開けネーネにプレゼントを渡していった。こっちは衣類がほとんど。ネーネに似合いそうなかわいらしいワンピや斬新《ざんしん》なデザインの薄手のコート、スカーフ、刺繍《ししゅう》が全面にあしらわれた白のフリフリスカートはネーネいたく喜ぶ。コートを羽織《はお》り、スカートを腰に当てておれに、

「にあうー？　かわいいー？」

といちいち聞いてくる。

「似合うよーかわいいよー」

とおざなりに返事すると、笑顔も最高潮になりクルクル回ったりしている。それを見てびがろも満面の笑顔だ。

「その刺繍、素晴らしいです！」

マコチンが興奮してネーネが腰に当てているスカートを食い入るように見つめている。そう、彼女の趣味は刺繍、古風。

「あーこれは一年前から頼んで作ってもらってたんよ、一枚作るに職人一人で一年半かかる言うのを今日に合わせて急がしたんよ。」

びがろこれ一枚おいくら？　いくらなんでもやり過ぎじゃぁね？

ね、ね、ね、ねーネーネ？

「あなただれ？」

ネーネがマコチンに気がついた、遅！　そいでヤバ！

「あなただれ？」

ネーネはマコチンを穴が開くほどじーと見てる、顔は笑顔だが目は笑っていない。

「だれ？」

今度はおれをジーと見てる。笑ってない目。感情のすべてを失いガラス玉のような目。

ヤバい、この目はヤバい、この目はネーネの感情が爆発する寸前の目だ。

「こここの子は佐治まことさん。わけあって家に泊まることになったんだ。ほら！　マコチン挨拶！」

「はは初めまして佐治まことです。本日は夜分《やぶん》遅くにお伺《うかが》いしてもも申し訳ありません」

マコチンもこの異様な空気に圧倒され緊張している。

「なんで、とまるの？」

ネーネはマコチンをジーと見て答えを求めている、ヤバチンマコチン！　今答えを間違えると死ぬぞ！

「マ、マ、マウスさんのご厚意《こうい》によりお家に置いていただけることになりましたので」

「なんで？」

今度はおれの方をジーと見てるマコチンバッドパス。

「なんで?」

これがネーネとまともに会話できる最後のチャンスだろう。これ以上はぐらかせばネーネは実力行使に出るだろう。マコチンを包丁《ほうちょう》で刺すとか、マコチンの目を指でえぐり出すとか。

ここで答えは間違えられない、落ちつけおれ。今ネーネを黙らせる最良の言葉を最良の……「マコチンは、あの、マコチンはほら、その、ほら、あれだよほら」

そのとき、びがろと目があった。びがろも真剣な顔でおれの次の言葉を待っている。

「びがろのほら」

口から勝手にびがろの名前が出てしまった。びがろは愕然《がくぜん》とこっちを見つめている。

「びがろの？」

ネーネはびがろの方に振り向いた。びがろバッドパスすまん。

「いや、俺は何も」

びがろもたじたじ。おれの方を虚《うつ》ろな目で見ている。すまん。

「びがろのなに？」

「いや、俺は、」

「ネーネマコチンはびがろのー」

ネーネ今度はおれをサーチ。

「びがろのお嫁さんだよ！」

ビシッ！


びがろが高そーな銀のキャリーバッグの持ち手を握り潰《つぶ》した音が部屋中に響いている。

ネーネはその視線をおれからびがろ、びがろからマコチンに移動させていった。マコチンは肩を震わせ目をカッと見開きおれを見ている。そんなマコチンをネーネは感情のない目でジーと見つめている。

ネーネが動いた。ネーネは素早い動きでマコチンの間合いに入り込んだ。マコチンがビクッっとしネーネに視線を合わせるその瞬間、ネーネはマコチンを力いっぱい抱きしめた。

「およめさんだおー」

狂おしいようにネーネはマコチンを抱きしめ頰擦《ほおず》りをする。その顔は咲き狂う大量の彼岸花《ひがんばな》のようなただただ圧倒される笑顔。マコチンはあまりのことに硬直し、体中が緊張のため力いっぱい力《りき》んでいる。

「かわいいおーおよめさんいいにおいがするーおよめさんがわがやにきたおー」

ネーネはマコチンを抱きしめたままクルクル回っている。ハイジみてー。

「およめさんだおーあこがれのおよめさんだおー」

クルクル回りながら何度も何度も大声で繰り返す。クルクル回りながらびがろにぶつかりびがろは右手にネーネ、左手にマコチンを抱きかかえる形になった。ネーネはびがろを嫌っている。びがろはネーネに触《ふ》れるのはおれをブン投げて以来初めてだろう。びがろはハっとした顔をし、その感触を確かめケラケラ笑うネーネの顔を覗《のぞ》き込む。ネーネはびがろの顔を甘ったるい笑顔で見つめ、びがろの右手を両手でしっかり握った。びがろが泣きそうな、嬉しそうな、とろけそうな、神に懺悔《ざんげ》を聞き入れられすべての罪を許された子羊の様な顔でネーネに何か言おうと口を開きかけていたとき、ネーネは煮詰めたミルクに蜂蜜《はちみつ》を入れその上からマシュマロを落としたような甘ったるさ満開、串《くし》に刺して焚火《たきび》で焼いたチーズのように今にも蕩《とろ》け落ちそうな笑顔でびがろに言った。

「このてはおよめさんのだおー」

ネーネはスルリとびがろの手をすり抜け、両手で握ったびがろの右手をマコチンの腰にあてがい、おれのバックに回りおれの腰に両手を回しきつく抱きつきおれの右肩に顎を乗せた。

「これはわたしの」

バキッ！　きっとびがろが奥歯を噛み割った音だろう。

2KのK、キッチンでおれはオムレツを焼く。晩飯を食うことにしたがなんせ量が足りない。二人のとこが四人になったので白米はあるがおかずの品数が足りない。仕方がないので人数分のオムレツを焼くことにした。おれが焼くオムレツは卵と砂糖をボールに入れまずそいつをこれでもかっちゅうほどこねくり回しフライパンにはバターと油、そのフライパン全面にこねくり回したフワフワをもっさり、火が通ったら半分に折り出来上がり。モン・サン・ミシェルのオムレツ風、行ったこともないし、食ったこともないけど。

冷えた生姜焼きはチン。飯はなんとなくチャーハンにした。豚のバラ肉を細切りにして、卵、刻んだ長ネギチキンスープの素、ごま油、最後に醤油で味を決める。パラパラしすぎるチャーハンは好きじゃない。

チャーハンは大皿にそれぞれ取り分けてどうぞ。オムレツはそれぞれの皿に、お熱いうちにどうぞ。ネーネが作った生姜焼きは本日のメイン、食卓のど真ん中へ後は焼き葱《ねぎ》の味噌汁を各々《おのおの》の椀《わん》に盛り、いただきます。

みんな飯を黙ってモシモシ食ってる。まぁ何も喋りたくないのだろう。ネーネはただ腹が減ってたんだろう。

「ちょほいとしつれい」

おれはベランダに出て煙草に火をつける。我が家では煙草を吸っていいのはベランダだけ、煙草を吸うのはおれだけ、ネーネは吸わない。ちなみにびがろもミチルちゃんも吸わない。マコチンはまだ分かんないけど。

おれは携帯を出しミチルちゃんにかける。

「もしもしミチルちゃんさっきはごめんね。おれも頼れるのはミチルちゃんしかいなくて無理なお願いしたおれのこともう嫌いになっちゃったかなー」

「何言ってるのマウス私こそごめんなさい。いきなりのことだから気が動転してしまって、後になって貴方が困ってないか気が気じゃなかったわ」

「あいしてるよミチルちゃん」

「ありがとうマウス」

「教えてくれるミチルちゃん」

「なんなりとマウス」

「佐治まことさん、おれに助けてほしいと言ってきた。でも会ったらいきなりおれと結婚したいって言い出した。その理由も言わない。おれは彼女を助けたい。おれは佐治道太郎への恩を返したい。おれはそれなりのことをしてもらったと思っている。でもこのままじゃ彼女をどう助けていいのか分からない。

分かんないんだよーミチルちゃん」

「お困りねマウス」

「そうお困り」

「八方塞《はっぽうふさ》がり？」

「四方八方塞がり」

「ラヴ？」

「ラヴラヴミチルちゃん」

「チュチュ？」

「チュチッチュミチルちゃん」

「しょうがないわね、教えてあげる」

「おしえておしえてミチルちゃん」

「佐治まことさん、父親佐治道太郎氏は半年前に病死。母親は横浜市港北区《こうほくく》の母方の実家で生活しているわ。かなり裕福《ゆうふく》な家庭の様で生活に困っている様子はなし。まことさんは中学入学時から鷺山《さぎやま》の寄宿舎《きしゅくしゃ》で生活。これと言って大きなトラブルが彼女の周りで起きた形跡《けいせき》はないわ」

「四方八方塞がり」

「ただ」

「寄宿舎ってクラスや学年の違う子が三人から五人の相部屋なの。まことさんの部屋は三人。一人は中学一年生寄宿舎入りたてのお嬢様で茨城《いばらき》の建設業者の娘さん。もう一人は気になるお名前豊島美月《とよしまみつき》さん高等部二年生十七歳。お父様は〈皆鳥〉開発部課長豊島郁夫《とよしまいくお》氏」

「ミチルちゃんここはミナト横浜だよ。港湾ツートップの〈力丸〉〈皆鳥〉で働いてる人間なんて幾らでもマジで五万といるぜ。それよりおれはその茨城のお嬢さんが若い身空《みそら》で親元離れて訛《なま》りで虐《いじ》められたりしてないかの方が心配だぜ。誰か教えてあげないと年頃になればその訛りは君の萌《もえ》ポイントになり大きな武器になると」

「訛りはいいのその子は訛ってないし、みんなと仲良く楽しく暮らしてるから。マウスの変態的萌ホローはいらないの」

「変態的ってきみ！　僕はだね！　彼女が持ち合わせていない男性目線でだね！　彼女が持っている小さな心の傷を最大のチャームポイントに変えようとしているのだよ！　この崇高《すうこう》な精神のどこが変態的か！　どこが！」

「中学一年生を男性目線で見るところが変態的よ」

「そ、そ、そうか？」

「そうよ」

「ただ？」

「……まあ彼女が楽しくやっているならそれで良いとしよう」

「そうよ彼女は楽しく暮らしているわ。それはいいの、それはどうでもいいことなの、大切なのは豊島美月さんで豊島郁夫氏。言っとくけど二人とも訛ってないわよ」

「もう訛りはいいよ」

「そう？　それじゃ本題、豊島郁夫氏は十年以上前からとある横浜港全体の未来を懸《か》けた一大プロジェクトを手掛けていたの。

　それが『ブレインプロジェクト』。着工してすぐはかなりうまくいっててこれにより港は二十四時間ほぼ無人で稼働《かどう》することができるようになるはずだった。それどころか天候や船舶航路《せんぱくこうろ》は完全に予測でき横浜港につく船には最も安全で最短の航路の提供ができる。防犯、安全、効率。これを最高の水準で提供する。

　海外、特に中国や国内の他港に対抗でき、その上圧倒できる起死回生《きしかいせい》の一手『ブレインプロジェクト』。

　三年でポシャッたけど」

「ポシャったの？」

「だめだったの。かなりいい線まで行ってほぼ完成間近だったのにプロジェクトの中核《ちゅうかく》ＡＩシステムに問題が生じてオジャン。

　この〈皆鳥〉〈力丸〉共同プロジェクトの、〈皆鳥〉方実質責任者が豊島郁夫氏」

「計画ポシャったのは何年前？」

「九年前」

「なら関係なくね、今更感が強いんだけど」

「そうでもないわ、まだプロジェクト自体は生きてるの。かけたお金も大きいし、見栄《みえ》や建前もあるから。〈皆鳥〉〈力丸〉ともにね。それにこの張り子の虎《とら》はほかの港にもいい牽《けん》制《せい》として使えるみたい」

「張り子も張り子過ぎて、案山子《かかし》も案山子過ぎて今どき雀《すずめ》もビビんなくね？」

「全く稼働していなければ案山子にも張り子にもならないわ」

「稼働してんの？」

「一部はね。横浜港全体の防犯システムは『ブレイン』システムが行ってるの。『ブレイン』が入ってから横浜港の治安は格段に向上したわ。世界一安全な港〝横浜〟、それを作り出しているのは『ブレイン』システム」

「一部の力でこれだけなら全力出せば？　てなわけだ」

「世界中の目が釘《くぎ》づけ」

「あんまおれに関係なくね？」

「マウスのせっかち。話は、こ、こ、か、ら、〈皆鳥〉の『ブレイン』システム現責任者は豊島郁夫氏。役職はそのままでも左遷《させん》ね、失敗した後始末、敗戦処理。〈力丸〉側の現責任者――やっと本題に入れるわ。〈力丸〉側の現責任者。無能でも名前だけでなんとなくこの事業に力を入れている雰囲気が出せる人物、分かるでしょう?」

「アマル?」

「そう、力丸余《アマル》。やっと知ってる名前が出てきたでしょ」

××××

おれの背中には大きな切り傷がある長さは七十センチてなとこ。これはアマルに模造刀《もぞうとう》でやられた。高校のときミチルちゃんが力丸本家の風呂はバカデカイっつう話をしてくれて、それなら一度お風呂お借りしましょと出かけてやられた。

本家の風呂はでかかった。総檜造《そうひのきづく》りで十畳以上ある。湯船《ゆぶね》だって大人三人入っても肌が触れないくらいデカイ。サウナもある。おれとミチルちゃんは二人で風呂に入りのんびりしていた。

広い風呂、楽しい話し相手、ゆっくりと過ぎて行く時間。サイコーーこれ以上の贅沢《ぜいたく》はないねってな感じのときミチルちゃんが白ワインの良いのが冷えてると言い出した。それを風呂で飲もうと。サイコーーの上塗《うわぬ》り、早く持ってきてミチルちゃんとミチルちゃんをせかし取りに行かせた後、ワインの前にひと汗かくかと立ち上がり広い風呂場の中をサウナに向かい歩いていたとき、背中越しに風呂場の扉が勢いよく開く音がした。

ビシャッ!!

ほへ?

「敵の家でよく裸になれるな! イイ根性してるナア! オイ!」

そのまま背中を袈裟《けさ》にズババババーー。模造刀じゃなきゃ死んでたワ。

おれは背中の痛みにひっ転がりながら手桶《ておけ》を投げてみる。模造刀で弾《はじ》かれる。も一つ投げてみる。弾かれる。諦めずも一つ投げてみる。弾かれる。ヤバい! もう手桶がない! 石鹸《せっけん》投げてみる。振り払おうとアマル模造刀をふる、空振り顔面石鹸ストライク。手桶より小さい石鹸に順応できないでやんの、やっぱバカ。あ、バカびっくりしてコケやがった、お仕置きだべ~模造刀ごと馬乗りになりハイスパーツフルボッコ。そこにミチルちゃん登場。コルク回しでアマルを刺し殺そうとしたので全力で止める。殺すことはないし、殺すほどのことはしちゃいない。俺も死んでないしね。おれその後大量出血で失神、白ワインは飲みそびれておれの体から赤ワインが出たね。

お後《あと》がよろしい様で。

おれの左ふくらはぎと左ケツには銃創《じゅうそう》がある、小指の先もない小さな奴。これは改造銃でアマルにやられた。高校の時夜中赤門町《あかもんちょう》のコンビニに煙草を買いに行き、その帰りに車で待ち伏せしてたアマルに撃たれた。ヘボ改造銃だったらしく最初二発も大した威《い》力《りょく》もなく自分で指で弾がほじくり出せたし三発目には暴発《ぼうはつ》しアマルは両手と胸に大火傷《おおやけど》。火だるまアマルに覆いかぶさりおれは自分の腹で火を消し助けたのでした。

その後アマルは親父さんにとっちめられ何かすごくつらい修行に出されていたらしい。

くわばらくわばら
アマルはスゲーバカでスゲー執念《しゅうねん》深いけどやっぱバカだ。バカバカアマル。生物なのでお早めにお召し上がりください。の、なまものをせいぶつって読むぐらいバカ。

お後がよろしい様で。

××××

「人間落ちぶれるときは落ちるものね、豊島氏は余に七百万の借金があるわ」

「つまりこーゆーこと？

アマル↓豊島父↓豊島娘↓マコチン
的な？」

「そう言うこと」

「流れは分かったけど目的は分かんないな。スゲー気の利《き》いた嫌がらせだけど手が込み過ぎてるし、何よりアマルらしくない。アマルはザク！　血がドバーみたいのしかできないジャン、バカだから」

「きっとブレインがいるのよ。このまどろっこしさは確かに余《アマル》じゃないわ」

「目的は？　ただの嫌がらせに七百万？　ちょっとかけ過ぎじゃない？」

「そこはなんとなくわかるの、貴方はもっと価値がある男よマウス。それに目的はただの嫌がらせではないわ、きっと」

「じゃなに？」

「それは追々《おいおい》、じゃダメかしら。ある女性に確認を取りたいの」

「なんの？」

「私、マウスに隠し事しててそれを打ち明けていいか聞かないと、ここから先この話はできないの。きっとそのことがこの話の中核になるはずだから」

「その隠し事が？」

「隠し事が」

「明日会える？　ミチルちゃん」

「会いたい。マウス明日には全部話せると思うの。今まで私隠し事してて嫌いになった？」

「隠し事なんて誰にでもある。おれにもある。ミステルミチルおやすみ愛してるよ」

「私もマウス。明日電話して。おやすみなさい」

ミチルちゃんはなんでも知っている。美味しいオムレツの焼き方から聖書の一字一句までおれが知りたいことはなんでも答えてくれる。おれのこと狙ってるチンピラの住処《すみか》からその家族の住所まで。

おれはこのミチルちゃんの情報網《もう》に助けられ生き残ってきた。

食卓に戻る。話は弾んでいないようだ。仕方がないここは一つみんなで外に繰り出してパーと華《はな》やごうではないか。

華やぐところ、それは即《すなわ》ち大きい風呂だ。おれ大きい風呂大好き！　大きい風呂には嫌な思い出もある、背中切られたりとか。でもおれは大きい風呂を愛してやまない！　手足が伸ばせて顎までお湯につかってブヘ～てな声でも漏《も》らせばおれのキゲンはかなりマックスに近い。後、サウナが好き。サウナに入る、水シャワー浴びる、休む、サウナ、水シャワー、休む、サウナ、水シャワー、休む、サウナ、水シャワー、休む、を手震え目霞《かす》むまで繰り返し、一気にコーヒー牛乳を飲む！　後にはマラソンを走り終えた後の様な脱力感と倦怠感《けんたいかん》だけが残りこれが心地いい。

おふろっおふろっ大きなおふろっ。

くぅーテンション上がるわー。

横ではネーネのテンションがグングン下がっていってる。

「おふろ、おうちでいいおー」

「外の広いの行こうやーネーネ」

「そとおふろ、おとこ、おんな、べつでしょーつまんないおー」

「へへへネーネ今日はネーネの大好きなお嫁さんが一緒に入ってくれるよー」

「ほんと！　およめさんほんと！」

ネーネはマコチンの両肩を掴み前後にブンブンゆするゆする！　マコチンのおかっぱが残像で三つに見える。

「ド、ド、ド、同性ド、ド、ド、同士ゴ、ゴ、ゴ、御一緒するのは当然かとト、ト、ト」

声もぶれるぶれる。

「いくおー！　おおきいおふろ！　いくおー！」

おれ大きなお風呂大好き、ネーネと一緒に風呂入らなくていいから。

風呂の話はいいだろう。

びがろは男湯でおれをなじり続け、女湯ではネーネがマコチンをなで回し続けた。マコチンはネーネに愛され続けてあの猫のように、ここ十年の俺のように体の芯からグッタリしていた。顔が白い、風呂上がりなのに雪のように肌が白いマジ白雪姫、スノーホワイト、色々困らせてくれた罰《ばつ》だお仕置きだべ〜。

くそったれに電話。明日から有給を三日とりたいと伝える。びがろが来たのだ有給とらねば、ところがくそったれは明日は来いという。ふざけるな俺には俺の予定がありおまえに指図される覚えはない誰がなんと言おうと休むとくそったれに三行半《みくだりはん》を叩きつけ電話を切る。すぐくそったれから電話。

無視。ずーっとポッケがウーン、ウーン言ってる。

最初の五分は、へへまだ鳴らしてるよバカが。

十分経《た》つと、嫌がらせかクソ機械がバカか。

十五分経つと、どこまで執念深いんだ後でとんでもない仕返しとかしそうで怖いな。

二十分経つと、本当に何か大切な用事があるみたいな気がしてきた。

電話に出てみた。

「お願いします！　明日必ず来てください、お願いします！」

「お、おう」

了承《りょうしょう》してしまった。

「祈りとは感謝。助けを求めては駄目」

「神様はおれを助けてくれないん？」

「あなたのことを助けてくれる存在なんていないわ」

「おれは嫌われ者？」

「違うわ。あなたは助けられる存在ではなく、
　助ける存在なの。
　そして助けられたことを神に感謝しなさい。
　あなたは助けることによって助けられるのだから」

HA

翌日、ネーネにはお嫁さんと買い物に行くように進めたら、ネーネ満開笑顔でオーケー。ネーネびがろマコチンで洋服を買いに行くらしい。もちろん勘定《かんじょう》はびがろ持ちでネーネノリノリびがろ渋々《しぶしぶ》マコチン嫌々《いやいや》出かけて行った。かわいいべべでもこうてもらえよーてなもんだ。

さて今日は休日出勤気分そらそうだ。おれだってびがろにかわいいべべの一つも買ってもらいたいがそこを押しての出勤なのだ。遅れて行ったからといって誰に文句を言われるわけではないはずだ。午前九時風呂に入るザザー、家の風呂も良いねー家風呂もサイコー一人で入る風呂はやっぱり良いわー。一人家風呂サイコー風呂を出ておれは久しぶりに短パンをはく。無理に休日気分。ロンT薄手のニットパーカの上にアロハを着る無理に無理に休日気分。ビーサンはやめた、かなり寒い、時期的に、ギャグ的に。歩いて行ってやろうかとも思ったが疲れるやめたイグニッションキーセルプッシュスタンドキックアップレッツラゴー。

おいらは～しがない～倉庫番
朝から～晩まで～働いて
機械の～命令～したがって
有給～休暇も～棒に振る

くーさーあーてるぜ！　シネ！　シネ！　シネ！　シネ！　くそったれ！
八つ裂きになって死んじまえ！
シネ！　シネ！　シネ！　シネ！　くそったれ！
大腸カタルで死んじまえ！

おれはくそったれたしみったれた倉庫に着いた。原付を倉庫の前に停める。なんかいつもと雰囲気が違う、何が違う？　これが違う。倉庫をずらりと白いポールが囲んでいる。間隔《かんかく》は一メートル。形状は高さ一メートル二十センチ、一番上にロング缶コーヒぐらいの円柱があり、そこから親指ぐらいの太さの棒が出てる。それが下に五十センチ。そこから先は小指ぐらいの棒が四本地べたまで生えてる。四本の足先は変なボールがついてる。
何これいたずら？　コンテンポラリーすぎてあまりに不愉快。おれは目の前の一本に唾《つば》を吐きかける。ポールは横に十センチ移動し唾をよける。これ動けんの？　あー頭きた！　よけたポールに蹴ろうとするとまたポールが十センチほど移動し、おれの蹴りをギリギリにかわす。フルスイングパンチかわす、フェイントキックかわす、あったまきたクソポール。俺は原付にまたがりイグニッション、ポールたちを追いかけ回す。逃げるポール。追うおれ。フルスロットルでもなかなか追いつけないくそったれが！　十分程度追いかけただろうか、諦めて原付を元の場所に停め、倉庫の出入り口の鍵を開ける。振り向くとポールは一メートル間隔でまた並んでいた。

階段を上がり事務所へ、ドアを開けるとくそったれが興奮した口調で話しかけてきた。

「ご無事でしたかマスター」

無視。

「お顔を拝見《はいけん》し安心いたしました。マスターに何かありましたらと気が気でなくて仕事も手に着きませんでした」

無視。

「マスター昨日は何か変わったことはございませんでしたか？」

無視。

「マスター聞こえていらっしゃいますか～？」

無視。

「もしかして御怒《おいか》りですか～返事してください～マスタ～」

無視。

「マス……」

「怒っとるわボケ！」

「マス……」

「そんだけのために今日出社させたのかコラ！　殺すぞコラ！　おれは大切な用事があっ

ての有給だぞコラ！　テメーはそれをこんなことで潰したのかコラ！　テメーはおれのおふくろさんか？　コラ！　バラバラに壊してサラすぞコラ！　シネ！　このくそったれがぁぁぁ！！！」

「マスターここは昨夜四十八回襲撃されました」

「はぁあああ！　しったことかぁぁぁ！！！！！」

「マスタ～御気を確かに～」

「てぇめぇぇ！！！　今度こんなことで呼び出したらマジバラすからな！！！！」

「マスタ～職場が襲撃されたんですよ～」

「誰に？」

「はい？」

「誰にやられたんだってきいてんだろうがぁあああ！！」

「は、はい！　襲撃と申しましても四十六回はサイバー攻撃でしてこちらは大体の目星はついております。

その他二回は実際の襲撃でして一回目は何者かが当倉庫に侵入を試みて入り口をガスバーナーで焼き切ろうとしたようですが、当倉庫の外壁は核《かく》シェルター級ですし、出入り口扉も同等強度で断念した模様です。

二回目は拳銃によりドアノブ破壊を試みたようですが、それも失敗それ以降の襲撃に備え自律護衛《じりつごえい》パイロンを外部に配置しております」

あの白ポールくそったれのだったのか。なるほど飼い主に似て本当にムカつくぜクソ！ ゼッテーいつか原付で轢いてやる。トにもカクにもおれがマコチンにアセアセしていた間くそったれはくそったれで襲われていたらしい。いい気味だ。おれだけ不幸は不公平だ。道ずれだべし〜。

それより問題は何故、今、ここが襲われたのかだ。

「倉庫には昨日何があった？」

「はいマスター。昨夜倉庫に保管されていたものは海外書籍六千冊。百冊ごとに梱包《こんぽう》され六十ケースが保管されていました。ただ今も同じものが保管されています。こちらはわたくしがスキャニング等を行い問題はないものと思われます」

「それ以外は？」

「それ以外はございません」

倉庫のブツではない。でもそれではおかしい。夜、倉庫にはくそったれがいる以外誰もいないはずだし後は本しかない。おれを襲いたきゃおれん家を襲《おそ》やいい。襲ったにしても目的が分からない。

「サイバー襲撃ってハッキング？」

「その様なものでございますマスター。こちらの手口はかなり巧妙《こうみょう》で熟練《じゅくれん》した技術者によるものであると思われます。こちらの犯人には目星がついております」

「〈力丸〉？」

「違いますマスター。〈力丸〉と関係はございません。〈皆鳥《みなどり》〉の人間です」

アマルじゃない？　拳銃にバーナー、アマルぽかったんだけどな～。

「犯人は豊島《とよしま》郁夫《いくお》、〈皆鳥〉の社員ですマスター」

やっぱりアマルだった。アマル→豊島父→豊島娘→マコチン。

しかし分からないアマルはおれに何がしたいのか。嫌がらせなら百点満点だがそれには大々的すぎるし、手が込みすぎてる。しかしおれにマコチンを押しつけくそったれを襲ってもアマルの得になることは一つもない気がする。アマル何がしたい？　もしかして自分でもよく分かってないのかも、バカだから。

まーやることは一つ、知ってる人から聞けばいい。

「豊島っちは今、何処にいる？」

「本日は〈皆鳥〉本社に出勤しているようですマスター」

「お会いしてみるか、いろいろお話聞かなくっちゃ」

「マスターお一人では危険です。お止《や》めください」

「敵の本拠地ではないと思うよー。逆に会社には知られたくないんじゃない、それに危険度は二人でも三人でも変わらない気がするけど」

しばらくそったれ沈黙……。

「分かりました。どうしても行かれるのですねマスター」

「行くね」

「ではわたくしもお供いたしますマスター」

はぁ？

「テメーこっから出られないだろうがくそったれが。それとも何か倉庫ごとおれに引っ張ってけっつーんか？　バカかシネ」

「ふ、ふ、ふ、わたくしも日々進化しているのです。マスターお手数ですが倉庫の外から自律護衛パイロンを一体連れて来てください」

渋々倉庫の外に出ると白ポールが一本おれに近づいて来たチャーンス！　おもかすローキック！　空振り、やっぱりカワイゲがない。こいつ階段上れるのかな？　と思っていると四本の足がクネクネ蛸《たこ》みたいに動き、階段を素早く上がっていく、気持ち悪り。その後はくそったれの指示に従いカバーを外してコード繋《つな》げたり、ほかの部品に取っ替えたりしてチューンナップ。白ポールの頭部はロング缶コーヒから五百ミリビール缶ぐらいの大きさになり頭には三本アンテナが立ってるガリガリロボオバQマジ格好悪い。

ロボオバから声が聞こえる。

「ありがとうございましたマスター準備が整いました。さあ出かけましょう！」

これと出かけるんのマジ勘弁なんだけど。

〈皆鳥〉本社は日本大通りにあり倉庫からは目と鼻の先歩いていくことにした。

「マスターわたくしこの様に二人して外出できるなど夢のようです」

無視。

「この様に並んで歩いてると恋人同士のように見えますかね。あら！　わたくしったらなんてことを」

無視。

「マスター……手を……手を……手を繋いでいただけますか……」

四本足の一本をオズオズおれの右手に近づけてくる。キモ。

「おまえふざけるなよ。これ手じゃなくて足だろうが！　地べたについてたもんおれに近づけるな！」

「申し訳ございません、わたくし少々興奮気味で、ただこんな機会はなかなかないので手を繋いでいただけませんでしょうか？」

無視。

「マスターお願いします。手を……」

無視。

「マスター手を……」

無視。

「マスター足を繋いでいただけますか」

ヨシヨシ分かればいいんだよ分かれば。おれはくそったれの足を握ってやる。

「ありがとうございます！　大好きですマスター！」

なんかおれの横でロボオバがクルクル回ったり小刻みに跳ねたりしている。うざってーなーおい。

「マスター！　マスター！　マスター！　マスター！」

本当うざってーな、おれがイヤになり足を離そうとすると足が蛸《たこ》みたいに絡《から》みついてきた。

「もう離れませんよマスター」

無理に離そうにも結構な力で離れない。

「離せ！　くそったれ！」

「愛してますマスター」

会話にならない。なんかこういうSFホラー有りそう。

〈皆鳥〉本社に着いた。倉庫から歩いて五分ぐらいなのにスゲー疲れた。おれは確信した。くそったれが機械でなくっても、おれはコイツと合わない。

〈皆島〉本社の一階総合受付。

「すいません、お伺いしたいのですが」

「はい。あっ、」

受付嬢の視線はくそったれに釘づけ。そりゃそうだろうこんなガリガリロボオバQ、無視する方が不自然だわ。

「わたくしに何か？」

それが喋ったのだからよりびっくり受付嬢ポカーン。

「わたくしの顔に何か付いてますか？」

おまえ顔どこよ？

「し、失礼いたしました。どのようなご用件でしょうか？」

受付嬢さんあんたは悪くない、失礼でもない、こちらこそこんなでスイマセン。

「こちらにお勤めの豊島郁夫氏にお話があります。ヴォルグが来たとお伝えください、アポイトメントは昨夜四十六回とらせていただきました」

「は、はいお待ちください」

受付嬢さんは電話で豊島氏に連絡している模様だ。こんな状態でも仕事をこなす、あんたは受付嬢の鑑《かがみ》だ。それに比べてくそったれ。機械のくせしていっちょ前の口ききやがって、こ憎ったらしいたりゃありゃしない。

「豊島が第三会議室でお待ちくださいとのことです。ご案内します」

受付嬢さんに案内され、おれたちは会議室に通された。大きな円卓にイスが二十程度そこそこ広い部屋だ。おれはイスの一つに座る、くそったれはおれに寄り添うように近くに立っている。五分ほど過ぎ一人の男がドアを開けて入ってきた。背は低くやせ型髪は七三で少し白髪がかっている。目は敵意と怯《おび》えが半々、額《ひたい》には汗、唇はカサカサ、緊張しているようだ。

「豊島です。今日はどのようなご用件で」

「お久しぶりです豊島さん」

「ヴォルグ！　き、君なんだね。なんてことだ。これは自律護衛パイロンの改良したものか。これは素晴らしい、これは自分で？」

「はい、わたくしが開発いたしました」

「素晴らしい……」

二人は知り合いらしい、結構親しげ。

「君は……」

豊島氏がおれの方を向いておそるおそる聞いてきた。

「亭主です」

くそったれが答えた。誰が亭主だ誰が。

「ご、ご亭主！」

違いますよー。

「そ、そんな機能まで……失礼しました。初めましてご亭主、豊島と申します。よろしくお願いします」

納得しちゃった。

「おれはマウスそう呼んでください。おれから聞きたいことは二つ、そのために今日はお時間をとっていただきました。よろしいですか」

「は、はい」

「では一つ目、佐治《さじ》まことさん、この名前を知っていますか？」

「佐治さん……いいえ、覚えはございません」

眉間《みけん》にシワを寄せ真剣に考えてる。嘘は吐《つ》いてなさそうだ。

「嘘は吐いていないようですマスター」

そんな機能もあるのお前、なんか本当気持ち悪いな。

「それでは二つ目、力丸《りきまる》余《アマル》との関係について」

豊島パパの小さい体がビクッと小さく震えた。

「洗いざらい吐《は》いていただきましょうか」

豊島パパ視線の先が定まらず眼球がグルグル動いてる、リアルメダパニ。

「借金がおありのようで」

汗が出る出る。ハンカチで拭《ふ》いても拭いても噴き出す汗、滝みたい、豊島さんデコナイアガラみたいになってますよー。

「七百万ほど」

「そ、それを何処で」

「質問してるのはおれ、答えるのはアンタ、逆はなーい」

「…………」

「娘さん、豊島美月さんどうされてます？」

「…………」

「答えてくれないと、ねぇくそったれ」

「はいマスター」

「…………」

「豊島さん。おれは困ってる、アンタも困ってる。一緒に解決しましょうよ、知恵を出し合ってさー。あんまりだんまりしてると心細くなった俺がいろいろ独《ひと》り言《ごと》、言っちゃうかも。有《あ》ること無《な》いこと言っちゃうかも。ねぇくそったれ」

「まぁどうしましょう！　わたくしも、昨日倉庫が豊島氏に襲われたなんて有ること無いこと会社の人にお話してしまいそうですわ！　それどころか社内中に電子メールで配信してしまいそうです！　マスターこんな罪深いわたくしをお許しください」

豊島氏歯ぎしりしてる。目が覚めてるのに歯ぎしりしてる。初めて見た起きたまま歯ぎしり。そしてもう二度と見たくない結構キモい。

「た、確かに余さんから金はお借りしている」

「七百万？」

「それくらいだ」

「そのカタに娘さん取られたわけ？」

「娘は学校に行っている！　娘は関係ない！」

「でもこのままではそうなるんでしょ？」

豊島氏今度は親指の爪を噛む。歯がカユいリスみたいだ歯ぎしりしたり爪噛んだり。全然可愛くないけど。

「そうなるかもしれない……」

「娘さんはこのこと知ってる？」

「娘が知るはずがないだろうが！　こんなこと聞かせられるかっ！」

興奮すんなよーいきなり立ち上がるとビックリすんジャン。

「アマルはなんて言ってんの？　娘がイヤなら何をよこせと？」

「……余さんは……」

「わたくしですね」

「……そうだ……」

「わかりました。マスターもうこの男から聞くべきことはございません。まいりましょう」

くそったれは俺の手を引き退室を促《うなが》す。オイオイおれはまだ何も分かってないですけどー。

「ヴォルグ！　頼む！　帰って来てくれーーー！」

元カノが忘れられず復縁を迫る、しかし元カノは拒絶、今カレと部屋を出て行く。みたいな？　アーア、豊島パパ泣きながら絶叫してるよ。

おれとくそったれは〈皆島〉本社を出て近くのオープンカフェでランチ。くそったれ超ノリノリ。

考えをまとめよう。アマルはくそったれの何かが欲しい。これだけ高性能だ、何か高く売れるデータとかあるのかも。そのために豊島パパを使い昨夜ハッキング。あえなく失敗。アマルは豊島娘に接触。マコチンをおれに差し向ける。いやマコチンがおれの元に来た方が先か。

なんのためマコチンをおれに？　ここが分からない。これじゃ昨日のミチルちゃんとの電話のときと変わらない。ここが解けないと話は延々とループしちゃう。

　くそったれがおれのカップにティーポットから紅茶を注いでいる。足で。おれは足ティーを飲みながら考える。おれの周りで今何が起こっているのか、アマルは何がしたいのか、どうすればマコチンは救われるのか、おれに何ができるのか。

「くそったれ、アマルは何が欲しいと思う？」

「それはわたくしですマスター。そのように豊島氏も言われていました」

「お前の何が欲しい？　おれにチョッカイ出してもおれはただの倉庫番。お前からは何も引き出せない」

「力丸余氏が欲しがっているのは私そのものでございますマスター。このヴォルグ2000は防犯システムの名称で、わたくしの根幹《こんかん》、AIシステムの名称は『ブレイン』、世界最高峰演算システム『ジーザス・ブレイン・システム』がわたくしの真名《まな》でございます。わたくしはマスターの奴隷《どれい》、絶対の服従者《ふくじゅうしゃ》でございます。マスターを抑《おさ》えれば私が手には入ると考えるのが普通かと」

「くそったれが『ブレイン』……」

「はい、愛の奴隷でございますマスター」

　おれとくそったれは倉庫に帰ることにした。ゲンナリした。かなり疲れた。くそったれはおれとランチできてルンルンだ。マジコイツだけは許せない。生理的に受け付けない。きっと前世で何かあったのだろう。

倉庫のドアを開ける。階段を上がる。事務所のドアを開ける。そこにミチルちゃんがいた。おれのマグカップでコーヒを飲み、おれのイスに座り、おれの制服を着て。

「お帰りなさいマウス」

「ただいまミチルちゃん、ここで何してんの？」

「会いに来たのよ、昨日約束したでしょう」

「どうやって入ったの？」

「私に不可能はないの」

「なんでおれの制服着てるの？」

「貴方を体中で感じたいから、愛してるわマウスどうしようもないぐらい」

「お、おう」

くそったれはいそいそ新しいマグカップを出しコーヒを作っている。いいのかお前不法侵入者だぞ。いつもの豪快な警告音はどうした。今出さずにいつ出す！

「マウス昨日の話覚えてる？」

「お、おう」

「昨日、彼女とよく話し合ったわ。やっぱり彼女は貴方に秘密を持ち続けるのは辛いって。

彼女は自分から貴方に告白するって言ってたけどお話はあったのかしら？」

「ミチルちゃんなんの話？」

「昨日の話、私が貴方に隠し事をしていて、それを打ち明けるにはある女性の了承が必要だって話。忘れちゃった？」

「覚えてるよ」

「その彼女が秘密を自分の口で告白したいって言ってたの。その告白はもう終わったの？」

「ねえ、ミチルちゃんその彼女ってだれよ。おれ朝からネーネとマコチンと受付嬢さんぐらいしか女性と接してないんだけど。誰からも秘密の告白なんて受けてないと思うよ」

「わたくしですマスター」

「そう『ブレイン』のことよ」

はあ！　何言ってんの！　こいつら。彼女ってくそったれのこと言ってんの⁉　コイツ機械ジャン！　性別とかないジャン！

「すべてお話しましたミチル様。マスターはすべてを受け入れてくださった様です。わたくしの愛も受け入れてくださるとおっしゃっていただけました」

「やったわね『ブレイン』。これからは愛のライバル、お互いがんばりましょう」

「たとえミチル様でも手加減はいたしません。この『ジーザス・ブレイン・システム』全身全霊全スペックを駆使《くし》しマスターの御寵愛《ごちょうあい》を手に入れる所存《しょぞん》です」

くそったれはおれの周りをクルクルクルクル回りながら回る。

「マスター愛してくださいませ」

おれはやっぱりこいつが嫌いだ。


おれはミチルちゃんからいろいろな話を聞いた。おれの知らなかった話。おれの知らなかったミチルちゃんとくそったれの話。

くそったれは十年前生まれた。くそったれは元々ミチルちゃん個人の所有物だった。ミチルちゃんは十七のとき、くそったれの原型を作り生涯の伴侶《はんりょ》にしようと考えていたようだ。しかし個人的開発も限界、動かすには小型でもスパコンが必要、ミチルちゃんはより多額の資金を手を入れるため〈力丸〉〈皆鳥〉を巻き込み巨大プロジェクトに仕立てあげた。ソレが『ブレインプロジェクト』。これも全て生涯の伴侶を作るため、愛のため。

計画はかなり順調に進み世界最高峰ＡＩ『ジーザス・ブレイン・システム』は完成した。くそったれ生誕《せいたん》、生まれてこなければ良かったのに。

しかしここで問題発生、ミチルちゃんが計画を下りたのだ。何故なら一生かけて愛し続けたい人間が見つかったから。それがおれ、卑《いや》しい卑しいドブネズミ、ミチルちゃんはくそったれを必要としなくなった。ただ〈力丸〉と〈皆鳥〉の開発者はくそったれを必要とした。ミチルちゃんがいなくなっても計画は進んだ。世界最高峰防犯システム「ヴォルグ2000」完成、これにより横浜港は世界一安全、クリーンな港となった。さあこれから世界一の港をってときに問題が生じた。ぐそったれの反乱。くそったれはこれ以上自分の能力を港のために使いたくないと言い出したのだ。くそったれの言い分はこうだ。自分の演算能力にも限界があり、これ以上の労働に能力を使うと自己人格を保っていられなくなる可能性がある。自己保護のためこれ以上の労働は拒否する、と。〈力丸〉と〈皆鳥〉の開発者はマジ困った。ナダメ、スカシ、オドシ、いろいろ試したようだがガンとしてくそったれは首を縦に振らなかった。それどころかくそったれは逆に脅しをかけ出したのだ。自分の言うとおりにしないと「ヴォルグ2000」を停止すると。

そして今に至る。くそったれの要求は全面的に受け入れられたのだ。

「『ブレイン』は自己の権利を守るため当然のことをしただけ、誰も『ブレイン』を責められないわ。現に〈力丸〉も〈皆鳥〉も『ブレイン』の恩恵に与《あずか》り現在を保っているのだから感謝してもらわないと」

とミチルちゃんは言う

自己を守るため戦う、これは人間として当然の権利だろう。おれもそう思う。機械だけど。しかしその先が納得できない。

くそったれはさらなる要求を出したのだ。それは想像主たるミチルちゃんが望んだことと同じ、生涯の伴侶を得ること。愛すべき対象を欲《ほっ》したのだ。

きっとくそったれの雛形《ひながた》はミチルちゃんなんだろう。人間の不完全さを嫌い、それにより極度の人間嫌い。それでいて誰かを愛したくて愛したくてしょうがない愛情の塊。十七歳のミチルちゃん、おれと出会う前のミチルちゃん。

くそったれはおれを欲した。

そしておれはくそったれと七年間をこのしみったれた倉庫で過ごしてきたのだ。

納得いかない。

「わたくしは愛されたいのです。愛したいのです。それがわたくしの存在する意義であり、理由だと確信していります。わたくしはミチル様に生み出され、このように考え感じ感動し落胆します。私は生きております。何を基準に生きているか、生命であるか、それは個人個人意見の相違《そうい》はございましょうがわたくしは断言できます。わたくしには意志があり自我があり生命体であり生きております。わたくしはこの愛によりそれを証明したいのです。

愛しておりますマスター、わたくしという存在をかけて心より愛しております」

「モテモテねマウス」

実の姉（ネーネ）、男（ミチルちゃん）、機械（くそったれ）。

おれは前世でどんな大罪をしたのだろうか。神よ何故おれに降り注ぐ愛はいつも変化球なのでしょうか。お袋さん、おれは貴方みたいにすべてを受け入れられるだろうか。

受け入れた先に何が待っているのだろうか。

みんなは幸せになるのだろうか。

おれは生きているのだろうか。

とても不安だ。


おれは、びがろに連絡。そっちの様子はどうよ？　びがろはすこぶる上機嫌だった。ネーネはお嫁さん《マコチン》との外出をいたく喜び、ネーネテンション常にフルスロットルらしい。これがびがろ的にはかわいくてかわいくてしょうがないとのこと。マコチンご愁傷様《しゅうしょうさま》。ネーネの殺人愛情オーラを高出力で受け今ごろ十円ハゲの一つでもできているころだろう。ネーネはマコチンの好物がおでんだと言うことを聞き出し晩飯は外でおでんを三人で食うらしい。六月におでん、おれはどうかと思うが。

おれとミチルちゃん、くそったれはミチルちゃんの店に行くことにした。くそったれ、仕事はいいのか？　港の安全はその両肩にかかっているんだぞ。まぁこいつに肩なんてないけど。

この先おれはどうしたらいいのだろうか？　どうしたらいいかは分かっている。マコチンだ。マコチンを助けなければならない。おれは佐治道太郎《さじみちたろう》に恩を返さなければならない。

どのように？　ここが問題だ。

話の全体像は見えてきたが細かいディテールはまだ霧《きり》の中。何故マコチンはおれに求婚しているのか？　何故アマルは『ブレイン・システム』なんて物に手を出したのか？　ここが分かれば話は前に進むような気がする。

「ミチルちゃん、アマルはなんで『ブレイン・システム』なんて物を欲しがるかねーアマルには扱いきれるモンじゃゃーないしアマルってバカジャン。欲しがるんなら女、車、手下、金って感じだと思うんだよねー？　〈力丸〉の仕事かね？　それともくそったれ誰かに買ってもらうのかね？」

「それはないと思うわ、〈力丸〉は口ではいろいろ言うけど『ブレイン』について今のまで満足のはず。これはお父様と懸《カケル》兄さんの総意よ。それに『ブレイン』をほかの誰かに売るということは〈力丸〉〈皆島〉を含めた横浜港湾全体を裏切るということ。アマルはバカだけどそこまでの根性はないわ」

「それじゃーくそったれ手に入れてどうすんだろ？」

「………」

ミチルちゃんも分からないことがあるらしい。眉間にシワを寄せ右手人差し指を顎に押しつけすんごい角度でそらしている。

ここはミチルちゃんの店の二階バーカウンタ、すべてが限りなく白い完結した世界ミチルワールド。

ミチルちゃんはカウンタの中に立ち考えている。深く深く考えている。ディープシンキングミチル。

「そんなことは簡単です」

くそったれはおれがくわえたタバコに火をつけようと前足を駆使してライターと格闘しているが上手く行かずバタバタしている。

「これは改良の余地がありますね」

「どういうこと『ブレイン』?」

ミチルちゃんが鋭い視線をくそったれに向ける。

「〈力丸〉はわたくしをいらない。外には出せない。そうなれば答えは一つでございましょう」

ミチルちゃんの口の両端がつり上がる、笑っているのだ。きっとものすごく楽しいのだろう。悪い顔してんなー子供が見たらトラウマ確定だぞ。

「そうですすミチル様」

「なるほど『ブレイン』そういうことね」

「そうなのです。〈皆鳥〉に決まっています」

これが分かれば話は先に進むと思っていたがマジわかんねーなぁおい!　マジ〈皆鳥〉

も〈力丸〉もどーでもいいんだよ！ 畜生《ちくしょう》が！ クソが！ くそったれがぁぁぁ！

おれはくそったれを蹴り上げようとマグナムトゥキック！ は空《くう》を切った。

「危ないところでした、マスター」

愛してるんなら蹴られろよぉぉぉぉ！！！！

「八つ当たりはダメ～マ、ウ、ス」

ミチルちゃんに頬をなでられる。

「八つ当たりはダメ～マ、ス、ター」

前足で頬をなでられる。

おれはいつか必ずコイツを殺す。おれはコイツを殺すためにこの世に生を受けた、今そう確信した。

「とりあえずとゆうか、やっぱりとゆうか、まことさんに話を聞かないといけないみたいね」

そうなのだ。何をして欲しいかは、して欲しい本人しか分からない。いろいろ考えても仕方ないのだ。

マコチンに聞くしかない。

「アマルと〈皆鳥〉のことは任してちょうだい。明日会えるかしらマウス」

「お願いミチルちゃん愛してるよ」

「わたしもよマウスどうしようもないぐらい」

ミチルちゃんがおれの頬にキスする。

んっ！

へ？

んんっっっーーー！！！！

どうしたくそったれ、なぜ頭の五百ミリ缶ビール的な部分をおれの頬にグリグリする。

痛い、かなり痛い、やめろくそったれおれは手で振り払う。

「わた、わたくしもキスを、マスターキ、キスを」

エルボースマッシュ！　吹っ飛ぶくそったれ！　ミチルちゃんの悪い笑顔。おれの人生こんなもんさ、こんなコント、こんな毎日、愛すべき毎日。マコチン、君にも愛すべき日常があったはずだ。それが崩れそうだからおれに助けを求めたはずだ。おれは君を日常に戻そう。君の愛すべき日常に、君の愛すべき人々の元に、おれにとってのミチルちゃんやネーネやくそったれのような人間が君にもいるはずなのだから。

×××

びがろはネーネをオンブして歩いていた。酔っぱらって寝てしまったのだろう気持ちよさそうな寝顔が少し赤い。

「いろいろ買っていただきすいませんでした。その上こんな嘘にまでお付き合いいただき申し訳ございません」

びがろの横を紙袋両手にいっぱい下げたまことが歩く。

「気にせんね。今日はおれも楽しかったし、こうやって最後にはコイツをおぶうこともできたんだから、今日は本当よか日ね」

「申し訳ありません……」

「気にせんね、ただ……」

「ただ?」

「あんたは何をしたいのか。マウスのことはよかよ、どうしてくれても。あれは自分で立ち上がる足がしっかりあるでよ、でもコイツは」

びがろは背中に寝ている自分の女神に目線を向ける。優しい目線。まことは父、道太郎が自分にいつも向けていてくれた優しい眼差《まなざ》しを思い出した。

「コイツは自分ではもう立ち上がれん。弟がおらんと生きてはいけんのよ。だからコイツから弟を取りあげんといて欲しいんよ。たのむわ」

まことはうつむき歩みを止めた。

「私は幼いときから父の膝の上で話を聞くのが大好きでした。父はいろいろな話をしてくれました。童話や民話、神話や聖書の話、父は敬虔《けいけん》なクリスチャンでしたので。父はあるとき、灼鼠《しゃくそ》の皮衣《かわごろも》の話をしてくれました」

「灼鼠？　かぐや姫の？」

びがろもまことに合わせ歩みを止める。

「そうです。竹取物語に出てくる五つの宝物の一つです。びがろさんは灼鼠がどの様なモノかご存知ですか？」

びがろは首を横に振り、視線でまことに説明を促す。

まことは少しうつむきながら、小さいが、でも、少し弾んだ声で話し出す。

「とても美しいかぐや姫は、多くの殿方《とのがた》に求愛されましたが決して首を縦《たて》には振りませんでした。しかしその父親である竹取の翁《おきな》は娘の将来と自分の地位の安定のために、かぐや姫に貴族たちからの求愛の受諾《じゅだく》を迫ります。かぐや姫は条件を出します。私が今から言う物を持って来られた人間と私は添《そ》い遂《と》げましょうと」

まことは小さなため息をつき少し呆れたようにはにかむ。

「無理やりに結婚を迫る。まるで私の様ですね」

びがろも少しはにかむ。視線でまことに話の進行を促す。

「かぐや姫が出した条件の品は五つ。仏の御石《みいし》の鉢。蓬莱《ほうらい》の玉の枝。龍《りゅう》の首の珠。燕《つばめ》の子安貝《こやすがい》。そして灼鼠の皮衣です。

灼鼠の皮衣には諸説あるようです。火にくべても決して燃えないその毛皮は、銀色に輝いていたとか、火のように赤かったなどと言われています。とても美しい宝物だったと私は考えています。灼鼠の話をしましょう。灼鼠の皮衣は実在したという話がありますが、灼鼠が実在したという話はありません。灼鼠は空想上の生き物です。灼鼠は崑崙《こんろん》に住むとても大きな鼠で火の中に住み、決して燃えることがありません。

父は私に言いました、自分は灼鼠を見たと」

「灼鼠を見た？」

「はい、父は言いました。父が見た灼鼠は人間の姿をしていて、どのように体が傷ついても、どのように心が傷ついても全くその心の有り様を変えない。信念を変えない。心が燃え尽きず、心が死なない。そんな灼鼠を見たと」

まことはまた歩き出す。

「私の友人がとある災難の中にあります。私はその友人を救いたいと思います。そのためにはマウスさんがお持ちになっているとても大切なものを譲《ゆず》っていただかなければなりません」

まことの声が少し小さくなる。

「もちろんただでいただけるとは持っていません。しかし私にはお金もありませんし、何かお役に立てる技能があるわけでもないので………」

「捧げる物は身ーひとつちゅうわけね」

「……はい……」

「こまったのー、俺はあんたが気にいっとるんよ。今日はコイツの笑顔もたくさん見れたし、それはあんたのおかげだし、コイツはあんたを気にいっとるしの。

　でもあんたがコイツから弟を寝取る言うんなら話は変わってくるがの」

「ね、寝取るとかそうゆうことではないのですが…」

「そうかの？　俺にはそう聞こえたがの？」

「それにお二人は御姉弟《ごきょうだい》なのでは？」

「そこはのう、コイツには関係ないんよ」

「関係ない？」

「そう、関係ないんよ」

「…………」

「あんたもそんな駆け引きしとらんでマウスに聞いてみたんか？　その大事なモンくださいって」

「……いえ、そう易々《やすやす》いただけるものではないと思いますので」

「なんで聞かんの？　ほら持ってけってなるかもしれんよ」

「…………」

「アイツが信用できんか？」

まことは首を小さく左右に振る。

「じゃあなんね？」

まことはまた歩みを止める。

「父は私に灼鼠の話をよくしてくれました。それは私が父にねだったからです。私は灼鼠の話が大好きでした。実の姉に背中を刺されてもそれを許し姉を庇《かば》う話。暴漢に銃で撃たれ大けがをしている中、銃の暴発により燃えている暴漢の火を自らの体を使い消し止めた話。色々な話を父はしてくれました。私は灼鼠の話を父にねだりました。毎日毎日灼鼠の話をしてくれとねだりました。父は呆れながら毎日話してくれました。私はきっとそのころから灼鼠に……」

「灼鼠になんね？」

「……私は灼鼠に……」

「だからなんね？」

「……だから私は友人の話がなくてもマウスさんに貰《もら》っていただきたいのです。それは私の小さいころからの夢で、ご本人にお会いしても全くこの思いは変わりません」

まことはびがろを見上げる。真《ま》っ直《す》ぐな目、大きな目、力強い目、猫のような目、今にも涙がこぼれ落ちそうな目。

「難儀《なんぎ》やねぇ」

びがろは背中の女神に視線を向ける。

「あいつに寄りかかるともう戻れんよ。コイツはもう戻れんし満君《ミチル》も。

あんた満君には会った？」

まことはうなずく。

「お会いしました」

眉間にシワがよる。

「そんな嫌うなや、あれはあれで難儀な生きもんなんよ。あれもマウスなしでは生きていけんのよ」

それはそうなのだと思う。マウスは、私の灼鼠は私を拒絶しない。表面上は邪険《じゃけん》に扱うがその細部と根幹では強い受容と愛情を感じる。それはまるで父道太郎のようだ。マウスと過ごした短い時間で、まことは自分の中にあるこの想いの力に驚いていた。この気持ちはまことが今まで理解できなかった物を軽々と理解させてくれる。

人が人を愛するとき性別や年齢、血の繋がりにどれほどの力があるというのか？　この力の前では無力ではないか。愛することはすばらしい、そして愛されたい、それは何にも勝《まさ》る。

きっと私も私の灼鼠に受け入れてもらえたら、

愛を受け入れてもらえたら、
きっと私も彼なしには生きていけないだろう。

「あいつは、なんでも受け入れるんよ、なんでも。みんなあいつに寄りかかって生きてるんよ。アレはあんた一人の物にならんよ？　それでもよかね？」

胸が焦《こ》がれる。心臓が痛い。こんな気持ちになったことも初めてだ。自分だけを見てほしい、そう思うことは恥じることなのだろうか？　分からない。ただこれは分かる。もう彼からは離れられない。どんなにつらくても、どんなに悲しくても彼から離れるよりはマシだ。近くにいたい。ただ近くにいて彼に自分を認識してもらえるだけでいいのだ。彼の中に自分が少しでもいればいい。彼の中に自分がいないなんて耐えられない。

「それでもいいのです」

「本当それでいいんね？」

「…はい…」

「本当に？」

「……はい……」

「そうか……それなら寝取る寝取らんの話は保留にしとくわ。でも覚えといてな、俺はコイツのためならなんでもするよ。あんたのせいでコイツに何かあったら」

びがろはまことの目を見る。

「きっとあんたを殺す」

まことはこの言葉に嘘がないことが分かる。なぜなら自分もそうするだろうから。

「覚えといてな」

二人はそれ以上何も話さなかった。二人は黙々と歩き続けアパートの前にたどり着いた。

そこにあったのは
温かい現実をぶちこわすもの。

すべての幻想をぶちこわすもの。

リアルの中のリアル。

血だらけのマウス。

×××

おれは鷺山女学園《さぎやまじょがくえん》寄宿舎の前にいた。ここには鷺女に通う女子中高生の七、八割がここで暮らしている。鷺女はお嬢同士のネットワークを形成する場所だ。つまりは全国からお嬢が来る。お家から通えるお嬢はお家から、通えないお嬢とスペシャルお嬢は寄宿舎。この家賃はバカ高で、ここに入っている（娘を入れている）つーのはかなりのステータスなのだ。

やっぱマコチンに話を聞く前に話を聞いておきたいお嬢ちゃんがいる。この話の主人公はおれやマコチンではなく、くそったれと、このお嬢ちゃん。今回の話の最大の被害者、豊島美月《とよしまみつき》さん。

おやじの借金の形に売り飛ばされようとしてる娘さん。マコチンはこの子のために動いてるわけだし、この子を救うことがマコチンを助けることになるはず、たぶん、きっと。

男の、しかもこんなナリのおっさんが正面切って入れるほど鷺山女学院寄宿舎のガードは低くない。いや限りなく高い。全国からの箱入り中高生お嬢をしこたま腹ん中に抱えてるんだ、ガードは高くないと全国のパパたちが安心して眠れません。変態さんに襲われないように、悪い虫が付かないように、パパたちは毎日気が気ではないはずだ。そのパパたちを安心させる鉄壁ガード、肉のカーテン、大量の警備員と最新の防御システム、鷺山女学園寄宿舎。これでパパたち安心、安眠。

しかしおれはこの鉄壁ガードの盲点《もうてん》を知り尽くしている。変態さん、悪い虫さんの憧れのヒーローなのだ。

ふ、ふ、ふ、なぜならおれは昔この寄宿舎に住む女の子と付き合っていたのだ。羨《うらや》ましかろう、大いに羨め、おれは難攻不落《なんこうふらく》、高嶺《たかね》の花、プラチナチケットと呼ばれる鷺女《さぎじょ》を落とした男なのだ。

あれは中学三年の冬、おれは横浜駅東口をプラプラしていた。あのころはまだネーネ愛情ウィルスに抗体《こうたい》ができておらず、おれは孤独を愛していた。

彼女は「横浜ウォーカー」を片手に大きなリュックを背負い呆然《ぼうぜん》と立ち尽くしていた。おさげにメガネ、ダサいAラインのワンピ、なぜか編《あ》み上げの軍物ブーツ、ザッツオノボリさん。彼女は道行く人に話しかけようとしムシされまくっていた。今にも泣きそう。

「ねぇ、どうしたの？」

「あの、あの、」

かーなり焦《あせ》っているそりゃそうだ。いきなり薄汚い鼠が話しかけてくりゃ誰だって焦るワナ。

「どっか行きたいの？」

「あの、わたす、わたす、ここへ行きたいんなす」

かなり訛《なま》ってる。カワイイー!!

「わたす、横浜はずめてで、わたす、わたす……」

可愛すぎて言葉にならない。おれは初めて自分の萌《もえ》ポイントを知った、訛りだ。おれはかなり訛りに萌える。

「ここなら電車で一駅、歩いても行けるけど説明すんのは難しいかな」

彼女は「横浜ウォーカー」の表紙を指さしていた。

彼女が行きたがっているのはランドマークタワー。そこの最上階展望フロアに行きたいようだ。

「ここへ行きたいなす」

これが彼女、美鈴《みすず》スズさんとの出会い。

おれたちはこれをきっかけに付き合い出した。彼女は鷺女に高校から入学するため、田舎から出てきて寂《さび》しかったこと、入学しても訛のためにナカナカ友達が出来ず寂しかったこと、こっちには友達や知り合いはおらずこれまた寂しかったこと、スズちゃんは寂しかったらしい。

おれとスズちゃんはネーネや学園の目を盗みよく寄宿舎の屋上でデートした。ネーネ以外の女性とキスしたのもスズちゃんが初めてだったし、きっとおれの初恋だった。

おれの初恋は三ヶ月でいきなり終わりを告げる。スズちゃんが田舎に帰ることになったのだ。どうやら親父さんがやっぱりカワイイ娘を手放せなかったらしい。スズちゃんが居なくなってから体調を崩し、このころになると寝込むようになったのだ。心優しいスズちゃんは田舎に帰るという。おれは東京駅まで見送りに行った。おれはこのとき初めて女の子の前で泣いた、スズちゃんも泣いていた。おれの一番大切な記憶。一番きれいで、一番青春ぽい、血も暴力も欲望もないそしてネーネが絡まない唯一の記憶。

スズちゃんはおれの元を去り、おれには訛り萌えだけが残った。

つまりこのときおれは鷺山女学園寄宿舎の潜入ルートを開拓したのだ。おれやっるぅーー！

まず正面や裏口には隙はない。ここには警備員もいるし、監視カメラもあるここから入ることはまず不可能。

正面から見て右手の塀《へい》は教会に隣接《りんせつ》していてこちらは手薄なように思えるが人《ひと》ケがない分監視が行き届いている。監視カメラも有るし管理人室の窓からこちら側は丸見えだ。こちらのルートもまず不可能。

正面から見て左手は民家の庭に隣接、山田《やまだ》さん宅ここが盲点だ。民家なのでプライバシー保護のため監視カメラは置けないし、やたらと警備員が巡回《じゅんかい》できない。それに山田さん宅は共働きで昼間ほとんど家に人は居ないのだ。

ルートはこうだ。山田宅庭に潜入《せんにゅう》。塀《へい》に上ると寄宿舎二階の廊下横にあるベランダに手が届く、ベランダに潜入。ベランダ横には構造上の凹《くぼ》みがある。凹みは奥行き六十センチ幅一メートルほど、これが屋上まで続いている。それを手足つっぱらかして上っていけばいいのだ。ここは死角になってけっこう外から見ても解らない。マコチンの部屋は四階、屋上まで上がりそこからは非常口を使えば誰にも会わずに部屋まで行けるだろう。

てなわけでマコチンの部屋の前。いいね進入、かなり興奮するわ。こう言っちゃあなんだけど変態さんの気持ち分かるわ～。いかんいかん本来の趣旨《しゅし》からそれてしまった。これではただの犯罪者だ、ここにいる時点で犯罪者なのだが。

　それじゃ、おっじゃま〜しま〜す。

　初めて見る豊島美月さんはなかなかどうして美人さんだった。親父さんに似なくて良かったね。美月さんは驚かず何か諦めたような表情でおれを迎え入れた。

「こんにちは、初めまして、えーとマウスさんとお呼びしていいのかしら？」

「初めまして豊島美月さん」

「けっこうですよ、美月さん」

「ここまでいらっしゃると思いませんでした。正直驚いています。それで私にどのようなご用件で？」

　この手のタイプは嫌いではない、決して好きではないけど。訛ってないし。

「それでは単刀直入《たんとうちょくにゅう》に、あなたの、いや正確にはあなたのお父様の借金について。そのことと佐治まことさんの関係について」

　彼女はおれのことを知っていた。つまり自分の置かれてる状況も知っているだろう。それならば話は手短な方がいい。

「きっと貴方が知っているとおりです。私は父親の七百万円の借金によりもうすぐ身売りされるでしょう。七百万円か貴方のお持ちの『ジーザス・ブレイン・システム』どちらかを力丸《りきまる》余《アマル》氏にお渡ししないと」

「それはご愁傷様、それでそのことをまことさんは知っているんでしょ？」

「はい、知っています。私が話しましたから。彼女は私が身売りされると聞き、貴方から『ジーザス・ブレイン・システム』をだまし取ってきてくれると言ってくれました。あの子の身体はどうでした？　お楽しみになったのでしょう？　さあ、あの子の代金をくださいな、『ブレイン』を私に渡しなさい」

「勘違いしてるかも知んないけどおれはマコチンには手を出してないよ、おれっちロリ属性はないんだわ。五年後に言われたら分かんないけど、五年あれば育つジャン、胸とかケツとか胸とか胸とか」

「まぁよろしいわ、それならそれで」

「いいの？　美月さん売られちゃうよ？」

「私は売られませんよ、売られるのはまことさんです」

「はぁ〜何言っちゃってんの？」

「まことさんは『ブレイン』が手には入らないときには私の代わりに身売りしてくださると言ってくれました。うれしいことです。私は『ブレイン』が手に入ろうが入らなかろうがどちらでも良いのですよ」

なるほどこのクソ女の余裕の種《たね》はそこね。哀れマコチン貴方が救いたい女性はクソでしたとさ。

「美月さん、悪いけど、そんなことにならないと思うなり〜」

かわいく笑顔。元が醜《みにく》いからより醜く見えただけだろうけど。

話の内容が読めず、美月さんは顔をしかめる。ただおれが醜かったからかも。

「これはまことさんが力丸余氏の前で証言したことですので覆《くつがえ》らないと思いますが？」

「まことさんは貴方の借金の期限が来るまでアマルの前に姿は出さないよ。おれが出させない。そうしたらどうなるかな？

まことさんは連帯保証人みたいなモンだから本来返さなければいけない人に借金が戻るじゃないかな。たとえばこの場合」

おれは美月さんを指さす。

「あんたとか」

美月さん爪噛む噛む眉間シワよるよるすごい目でおれんこと見てるよ。元の顔が綺麗だから、この手の顔はなんかすごい壮絶。

「まことが私を裏切ると？」

喉元とか食いチギられそうコワイー。

「自分のために友達売ったのはあんたでしょ？」

クワ‼て効果音が聞こえてきそうなぐらい目を見開いておれを見てるよーマジコワ！

この人センスあるわ〜。

「友達？　まことが？　ふざけないで！　何も知らないくせに！　私のこともまことのこ

ともなんにもなんにも知らないくせに！　大人のくせに！　男のくせに！　私たちのことなんてなんにも分かってないくせに！」

いきなりタメ口⁇

「私が余のクソに何されたか知ってんの！　借金の形《かた》にどんなことされたか知ってんの！　あいつは父のことだと私を呼び出し何人もの男たちと私をレイプしたのよ！　何回も何回も犯されたわ！　上も下も前も後ろも犯されて何回も何回も犯されて写真撮られてビデオ撮られて最後に男たちで私の頭におしっこするの！　ニヤニヤしながら何人も何人も全員終わるまで結構時間がかかるのよ。私はその間ただただじっとして動かないの、動けないの怖くて怖くて動けないの殴られたくないから、蹴られたくないから、怖くて動けないのよ！」

美月さんは泣いた。悔《くや》しいのだろう。犯されたことに、殴られたことに、騙されたことに。そして悔しいのだろう。犯されるためにのこのこ出かけていった自分に、殴られ恐怖し動けなかった自分に、こんなに易々《やすやす》と騙された自分に。

「なんで私だけなの！　なんで私だけこんなことになるの！　なんで私なの！　なんでまことは助けてもらえるの！　なんで私は助けてもらえないの！　なんで！　ねえ！　なんで！」

美月さんはおれを殴る、殴る、殴る。ケッコウ痛い。鼻血も出てる。でも美月さんの自分に対する怒りそして痛みはこんなモンじゃないだろう。

ただおれの物理的痛みにも限界がある。おれは美月さんに喉輪《のどわ》を食らわしそのまま床に投げ捨てる。

「はき違えるんじゃねーよ」

お嬢はビックリした顔でおれを見上げる。きっとお嬢はおれが気が済むまで殴られているとでも思ったのだろう。ばかじゃねーの。

「お嬢ちゃんなんか勘違いしてねーの？　おまえを犯してさらしてしょんべんかけたのはおれか？　アア！」

お嬢は黙っている。

「おれかって聞いてんだよ！　アア！」

お嬢がいきなり掴《つか》みかかってくる。おれは平手《ひらて》でオモカスひっぱたく。

「クソアマ！　牙剥《きばむ》く相手間違ってんじゃねーよ！　テメー犯してさらしてしょんべんかけたのはおれでもなく！　まことでもなく！　アマルのクソだろうが！　テメー犯した奴にシッポふって関係ない俺らにコナかけて来てんじゃねーぞクソアマ！　テメーは犯されたから他人にいくら迷惑かけて許されると思ってんのか！」

「あんたに何が分かるのよ！」

また掴みかかってきた。よし！　平手おかわり！　お嬢床に吹っ飛ぶ。

おれは上着を脱ぎ背中を見せる。アマルにやられた刀傷、その他にも幾つか傷や火傷《やけど》の後がある。

「おれはなぁ！　おれを傷つけた相手には同等のことをしてきた！　ウジウジ泣いてても何も解決しねぇし、誰かをハメても解決しねぇ！」

「じゃあ！　どうすればいいのよ！　私はどうすればいいの！　分かんない！　分かんない！　分かんないよ！」

おれは美月さんの方を振り返る。

「流れた血は同量の血により沈める、付けられた傷は同量の傷により沈める、奪われた魂は同量の魂により沈める。つまり」

「つまり？」

「復讐《ふくしゅう》だ」

「私一人ではできない……」

「あんたの復讐だ。あんたしかできない」

「でも……」

「ただあんたはまことの友人らしいからおれが手伝ってやる。あんたを犯してさらしてしょんべんカケた野郎全員捜し出して手足の指全部折って足首手首も折ってケツの穴に特大バイブ突っ込んで写真撮ってやろうぜ」

おれは笑顔で美月さんに手を伸ばす。その手を見つめる美月さん。

手を握れガキんちょ、この先負け犬として糞みたいに生きて行くか、糞塗《まみ》れで肥溜《こえだめ》から抜け出すかの分岐点《ぶんきてん》だ。

手を握れガキんちょ。おれからは握れない、握っても意味がない、自分で選べ、選んで握れ！

「頭からおしっこカケてやります」

美月さんは笑顔でおれの手を握る。

「それはやめた方がいいよ、喜んじゃうから」

とりあえず美月さん復活。マコチンが何をおれにしてほしいのかも分かった。後は金か。

「美月さん、つかぬこと伺いますがお金はカラっきし？」

美月さんは力なく笑う。

「お金はないです、お金があればこんなことにはなっていないでしょう。私も父も無一文です、ここにもいつまでいられるか……」

美月さんは部屋を見渡す。ベッドが三つ、机は並んで三つ、棚が三つ。棚にはそれぞれに思い思いの布でカバーがされている。真ん中の白地に百合《ゆり》の花の刺繍があしらってある布が掛けてある棚はマコチンのだろう。

美月さんの愛すべき日常、小さな世界。だから美月さんは頼ることも、裏切ることもこの中でしかできなかったのだろう。

「借金は元々どんぐらいなの？」

「どのくらいと言いますと？」

「ほら借りると利息《りそく》が付くでしょ？　元はどんくらい？」

「……詳しくは分かりませんが……余氏はお前の親父が金を返さないから借金が倍に膨《ふく》れ上がり七百万だ、と言っていました」

倍、つまり元はその半分、七百万で三百五十万。アマルに利息まで払うことはない。しかしアマル悪《あく》どいなーどんだけ高金利《こうきんり》だよ。

「金利は返さない。こんなことされて返してやる義理はない。金利を省《はぶ》いてザクッと三百五十万、金はおれが揃える。復讐は金を返してからだ。貸し借りなしにしてから借りを返そう。いいかい？」

「お気持ち嬉しいのですが、お金はすぐに返せませんよ。すぐにと言うか返す宛《あて》は全くありません。お金をドブに捨てるようなことになると思いますが……」

「返すのはいつでも良いよ、あるとき払いで。そうそう体で返したいんならハタチ超えてからね、ハタチまで後何年？　三年？　三年あれば育つジャン、胸とかケツとか胸とか胸とか」

美月さんは呆れたように少し笑った。

「そんなことしたら、まことに恨《うら》まれてしまいます」

「ん？　何？」

「なんでもありません」

「ま、いいや金の期限はいつ？」

「二日後に『ブレイン』を渡せなければ私が売られるはずでした。それをまことが引き受けてくれたのです」

「マコチンに感謝しなよ〜なかなか引き受けてくんないよ借金」

「でも貴方は引き受けてくれるのでしょう？　初めて会った私のために」

金はなんとかなるはず。確か貯金が百七十万ほどあるはず。独身男子が七年働けばこんぐらいの貯金はできるもんである。それプラスお袋さんが残してくれた貯金が二百万おれに百万、ネーネに百万。何かあったときにと残してくれたが今が何かだろう。お袋さんも文句はないはず。

「その辺はいいジャン。あんま考えてもしょうがないし、おれあんま考えてないし。アマル達まだ美月さんとこハメハメしにくる？」

「最初だけでした。それ以降は携帯に電話が来るだけです。ビデオも写真もあるので私は逃げられませんし、言うことを聞くしかありませんから」

「ビデオと写真取り戻さないとね。アイツ等から連絡あったらすぐ教えて、一人でなんとかしようとしたらダメだよ、楽しいとこはおれと美月さんで半分こだかんね」

「わかりました」

それじゃー！　今日一番のビッグイベント！　メアドエーンド携帯番号交換会に移りたいと思います！　何それ、赤外線、赤外線付いてんの？　付いてないの？　今時？　この黒いのそうじゃねーの、何、何、使ったことないの！　マジで！　アンタいくつ？　ばばぁ？　ほんとに女子高生？　いいから！　いいから早くかせって、何嫌がってんの、だって自分じゃできないんでしょ、早くかせって！　やり方教えろ？　やだよ～めんどくさい、早く貸せって、貸せって、貸せって、貸せって、早く貸せって言てんだろがダボが！　アマルには教えられて俺には番号教えられないっつうんかコラ！…………………そうだよ最初っから素直に渡せばいいんだよ、何泣いてんの、あ～やだやだ偏差値教育の弊害だね君は、すぐ泣けばいいと思ってるんじゃね？　何、何これ、何これまじで、なはははははははマジで、これマジでっ！　なはははははははは今時今時はははははは待ち受け「たれぱんだ」てなくね？　はははははしぬ！　しぬ！　はははははははははははマジこれヤバいよははははははあんたいいわ～良いセンスしてる！　はずさないわ～はははははははははははははははははははははははは。

トン！

はい？

おれは見知らぬ女の子に腹を刺された。

これ何バサミっていうのかね、切るとこが小さくて持ち手が大きいヤツ。ほら盆栽《ぼんさい》とかでジジイが使うヤツ。盆栽バサミ？　なんか違う気がする、植木バサミ？　植木バサミそれでいいや、なんか聞いたことある気もするし、このハサミは植木バサミと呼ぼう。

おれは植木バサミで腹を刺された。

この小さい女の子は誰だろう、おれこんな小さい子になんかしたかな？　思いつかない。この子も鷺女の制服を着ている、ここの生徒さんらしい。

「美月先輩逃げてください！」

なるほど納得この子は美月さんを助けようとしているらしい。美月さんはおれに「たれぱんだ」バカにされて泣いているし、俺は上半身裸だ。この時点で完全におれは美月さんに襲いかかる暴漢に見えてもしょうがない。おれの上半身傷だらけだし、顔はネズミだし。

「この悪魔が！」

悪魔かぁ。デビルマウス、少しかっこいい。今度からそう名乗ろうかな、デビルにキメて！　デビルに解決！　みんなのヒーロデビルマウス見参《けんざん》!!　これはいい。新しい自分発見、ありがとねオチビチャンっと。

おれはこのオチビに喉輪をキメ、オモカス床に放り投げる。今日二人目の喉輪、しかも女の子ばっか。

「登喜子《ときこ》やめなさい！　その人は違います！　その人は！」

美月さんには脳天唐竹割《のうてんからたけわ》り。

「へぶぅ！」

美月さんから面白い声が出た。やっぱこの人ははずさない、この人いいわ〜。

おれは美月さんの後ろに回り首に腕を回す。腹には植木バサミが刺さりっぱなし、血はそんなに出ていない、滲《にじ》む程度、爆笑してたので腹筋に力が入りそんな深手ではないようだ。「たればんだ」に感謝。

「オチビさん、お姉さんを助けてほしければ言うことを聞きな」

オチビチャン喉を押さえどうしていいのか分からず答えを求めるように美月さんを見ている。

「何をするのです！　離してください！　傷の手当てを」

美月さんの口と鼻を押さえる、少し黙っててね。

「オチビさん、そこに携帯が二つある。そうそれだ。それのメアドと番号を交換させせろ」

オチビは動かない、ていうか恐怖で動けないのか。

「早くしろ、お姉さん息できないで死んじゃうよ」

オチビがすごいスピードで動き出した。それぞれの携帯を開き、赤外線で通信させている。ほらぁ〜今時こんなオチビでもできんジャンか赤外線通信。この子どう見ても中学生だろ？　ちったー勉強しろよ美月さん。アンタこの子に負けてるよ現代人として、いくら勉強できても赤外線通信できないヤツは猿人《えんじん》だよ猿人、美月猿人。

「できました」

オチビ良くできた。お前は人間。霊長類ヒト科、現代人、猿じゃない。

おれは美月さんをオチビめがけて突き飛ばす。オチビナイスキャッチ、ホントに良くできたオチビだ。その隙におれはおれの携帯をオチビの手からむしり盗る。

「ち、畜生〜今日のところは退散してやる〜、こんなとこ二度と来るもんか！」

おれは腹のハサミごと上着を着る。

「おいお前！」

俺は美月さんを指さす。

「お前命拾いしたな、せいぜいそこのオチビに感謝するんだな」

美月さんポカ〜ン。

俺は携帯をポッケにしまい部屋を出る。

これにてマウス劇場終幕、いや違ったデビルマウス劇場終幕。

×××

おれは屋上に上がる、腹はケッコウ痛いが血はまだ服に滲む程度床《ゆか》に垂《た》れてはいない。しかしこれでは腹に力が入らず手足をつっぱらかす山田宅ルートは使えない。

ふ、ふ、ふ、俺が知ってるルートが一つだけだと思うかい？　山田宅ルート以外にもう一つルートがある。教会ルート、そう、このルートは難攻不落《なんこうふらく》何人もの変態さんを地獄に落としてきた。しかし入るときは難攻不落でも、出るときはウルトラワープ。ここ寄宿舎は四階建て、教会は三階建て。この屋上から教会の屋上までは四メートルといったとこか、ジャンプ一発飛び移ることができる。おれは何回かやったことがある。

よっしゃ一発やってみますか。おれはその場で軽くジャンプする、腹はすこぶる痛いがジャンプは出来る。助走を取るため教会側と反対つまり山田宅側の屋上の縁《ふち》まで下がり教会側を向く、Bダッシュー!!　ジャンプ!!　バシ!!　無事着地、ではなかった。着地した際左膝が植木バサミにガッチンコして腹に食い込んだ。これは痛い。植木バサミの刃の根本まで食い込んだ。血も出てきている、上着はかなり血でベットリだ。立ち上がる。どうやら立ち上がれるようだ、よし。歩く、歩けるようだ、いやっほ〜い。おれは教会屋上から裏庭にぬける非常用梯子《はしご》に向かう、梯子降りれっかな、降りれた。

降りれるもんだね、人間やろうと思えばなんでもできるね、神に感謝。ここ教会だし。山田宅前に原付が停めてあるからそれに乗って家に帰ろう。ここで救急車を呼べばさっきのオチビちゃんが俺を刺したことがバレるかもしれない。それはイタダケない、オチビちゃんの善意の行為が犯罪になってしまう、それは避けねば。うちに帰り救急車を呼ぼう。救急隊には植木バサミを待ったまま階段を上がり足を滑らし転落。スルリと植木バサミはおれの上着の中に潜《もぐ》り込みドテッパラに突き刺さる。このシナリオでいこう。これはいい、我ながらいいシナリオ。ん、なんか昔使ったような気がするが気にしない気にしない。原付にまたがりイグニッションキーブルルンブルンレッツラゴー。


そんなわけでアパートに到着。

結構大丈夫なもんだね腹はかなり痛いし血もかなり出てるけど意識はハッキリしてるし、運動機能はそんなに落ちてない。植木バサミ恐るるにたらず！

ウーン、ウーン、ウーン
ウェ！　バイブの振動チョー痛！　誰だ？　バカか？　殺す気か⁉　こちとら腹にハサミ刺さってんだぞ！　こんな時に電話かける奴いるか？　誰だこのタイミングの星に見放された迷える子羊は？

ケータイ液晶を見る。

「佐治まこと」

このジャリマジろくなことしねーなーよーおい！　マジ救えねーわ！

あっ！　なんであのジャリ俺のケータイ知ってんの！　その上勝手に自分の登録してやがる！　おれのケータイ勝手に開いて探《さぐ》って弄《もてあそ》んで登録しやがったなオイ！　お前ふーふでもやっちゃーいけないんだぞそんな人権蹂躙《じんけんじゅうりん》！　マジあの餓鬼《がき》んちょモラルはないのかモラルは！　ネーのは乳だけじゃ飽き足りねーのか！

「モスモスぼくチンマウス。ポンポン痛いの。要件は手短におねがいちまちゅ～」

「では手短にお話しします」

ここはスルーかよ！

「マウスさんはえ～なんと言うか、そのですね、色のことなんですけど。いろんな色がありますよね世の中には」

「はい！　はい！　ありますね！」

「人はいろんな色を日々感じて生きていると思うのです。例えば赤い色を見たときは興奮をするとか、青い色は気分が落ち着くとか、パステル系は心が和むとか。そのように人間は色を感じる生き物だと私は思うのです」

「はい！　はい！　はい！　思いますね！」

「私は華やいだ色より少し淡い色の方が好きです。例えば私の好きなユリの花の中でも白の中にも少しピンクが入ったものを好みます」

「はい！　はい！　はい！　はい！　はい！　はい！　はい！　い！　い！　い！　い！

い！　い！　い！　好みますよね！　そーゆーのを好《この》ミングですね！！！」

「そこでお聞きしたいのですが。あの、その、あれなんですけれども、マウスさんは黄色とピンクどちらがお好みですか？」

はぁぁぁぁぁ〜〜〜！！？？　何言ってんだジャリん子！　ワッけ分かんねー！　おれを困らせる天才か！

「バナナと桃《もも》どちらがお好みかということでもかまわないのですが……」

「あー桃桃！　桃でイーやケツっぽいし。バナナはだめ！　そそり立ってるから！」

「ではピンクということで」

「あー！！！　ピンクピンク！　何でもピンクガイーヨ！　黒ずんでるよりピンクのほーがイーに決まってるでしょ！」

いや？　黒ずんでるのもそれはそれでエロいか？

「ありがとうございました、決心がつきました。ピンクにしようと思います」

「あー！！！！　そーして！」

電話を切る。怒鳴って腹力入れ過ぎた。スンげー痛くなってきた。目も霞《かす》む。出血量も確実に増えてる。マコチンホントはおれのこと殺そーとしてんじゃねーのマジで。

さてと、こうしちゃいらんない救急車救急車っと、それにしてもハサミどんぐらい刺さってんのかねちょほいと見てみよう、そこでおれは愕然《がくぜん》とした。

いやハサミの刺さり具合は想像どおりズバット刺さってた、問題はそこではない。問題はハサミ自身だ、このハサミご丁寧に「鷺山女学園一年頭峰登喜子《とおみねときこ》」とだれが犯人かズバット分るように名前が書いてある。これはヤバい、こんなもの腹に刺したまま救急車は呼べない。どうするか、どうするもこうするもない。抜くしかないのだ抜いて拭いて捨てる、これしかない。おれはハサミを両手で掴み覚悟を決める。

よし、行こう！　まだ誰も知らないスピードの向こう側へ！

行こうおばさん！　父さんは帰ってきたよ！

てい！　や！

ハサミを抜くとおれの腹から噴水みたいに血が噴《ふ》き出した。

その勢いを利用して（まあどの勢いだってな話だ）ハサミを近くの植え込みにブン投げる。拭くことはできなかったがとりあえず捨てた。ミッションコンプリート。やりゃできんジャン、さて救急車救急……ここでおれは落ちた。

×××

目が覚めた、ハッキリ言って目が覚めないかと思った。今回はヤバかった。マジあんなに俺の中に血があるとは思わなかった。周りを見渡す。ミチルちゃんがいる、パイプイスに座っている、黒のスキニージーンズに黒のパーカ髪はポニーテール黒いブックカバーの本を読んでいる。カジュアルミチルワールドインホスピタルなんか安心するわー生きてるって感じがする。

その横のパイプイスにはマコチン、ピンクのワンピ。びがろに買ってもらったんだろ良いべべ着やがって。寝てやがる。誰のせいでこうなったと思ってんだ。こちとら腹に穴開いてんだぞ、デフォ寝ずの看病《かんびょう》だろうがバカチンが。

「起きた？　心配したのよ、お医者様は今晩が山場とか言ってたけど山場の前に復活ね、さすがマウス。あのね、私ね、言わなければいけないことがあるの。あのね、ごめんね、本当にごめんなさい。許されることではないと思ったけど、ごめんなさい、マウスは出血が多くてここにある血液じゃ足りなかったの……だからね…ごめんない……」

ミチルちゃんが本を閉じ目をそらす。

「私の血液を使ってもらったの、ごめんなさい、こんな汚い血液、でも生きていて欲しかったの。マウスごめんなさい本当にごめんなさい……」

ミチルちゃんは涙を流す。目の横から一筋、一筋の涙、懺悔《ざんげ》の涙。

ミチルちゃんは自分の親父さんを嫌っている、というか憎んでいる。ミチルちゃんは三人兄弟の中で一人だけ母親が違うつまりベツ腹《ばら》。親父さんはミチルママにハラませて産ませてほっといて認知して取り上げた。ミチルママはママで金もらってウハウハでほかの男と横浜を出て行った、らしい、聞いた話だけど。つまりミチルちゃんは自分をポイした尻軽ママと自分を金で買った腹グロパパを心の底から憎んでいる。そしてその二人の血を継ぐ自分自身を憎んでいるし、嫌っているし、汚いと思っている。

　ミチルちゃんが泣いている、ミチルワールド崩壊。

　手を動かす、動く。

　足を動かす、動く。

　声を出す、あ〜、出る。

　大丈夫だ、おれは大丈夫。

「ミチルちゃんこっち来て」

「ん、どうしたのマウス？」

「いいから来て」

　ミチルちゃんはパイプイスから立ち上がりおれの寝ているベッドの横に跪《ひざまず》く、まだ全然遠い。

「もっと近くに来て」

「どうしたの？」

　ミチルちゃんは腰を上げベッドに手を突きおれを上から見下げる。おれはミチルちゃんを下から抱きしめる。

「ミチルちゃんありがと。ミチルちゃんがいてくれて、血をくれて助かったよ、ありがと。ミチルちゃんがいたからおれ助かったよ、生きてられたよ、おれはまだ生きていたいからミチルちゃんありがと。本当にありがと」

ミチルちゃんもおれを優しく抱きしめる。

「ありがとう、生きていてくれてありがとう、また抱きしめてくれて本当にありがとう、愛してるわマウスどうしようもないぐらい」

「ミチルちゃん、ミチルちゃんの中の嫌いを貰って生きたおれを嫌いにならないで」

ミチルちゃんはおれを強く抱きしめる。

「大好きよマウス、私を受け入れてくれて、汚い私を受け入れてくれてありがとう」

おれとミチルちゃんはキスをする。挨拶みたいに、外人みたいに、フレンチみたいに、そして恋人みたいに。

キスが終わりミチルちゃんが立ち上がる。ミチルちゃんは元の座っていたパイプイスに座り隣のパイプイスの足を力強く蹴る。

ビクッ！　マコチン起床。

「はい！　はい？　どうしたのですか！　あ！　起きてるマウスさん起きてる！」

おれに駆け寄り抱きしめる。痛い！　腹が痛い！　君はミチルちゃんみたいなキヅカイはできんのか、本当に全く。

「良かった！　本当に良かった！　本当に、本当に……」

マコチンも泣き出した。ミチルちゃんとは違いエンエン泣き。情緒《じょうちょ》がない。でも心配はしていてくれたのだろう、ありがとマコチン。

「ミチルちゃん、おれはどんぐらい寝てた？」

「刺されて一日たってないわ、ここに運ばれたのは昨日の九時、今はお昼二時」

良かった約束の時間を過ぎていない。約束は明日、金は明日で大丈夫だ。

「ミチルちゃん豊島氏の借金、利息抜いてナンボ？」

マコチンが体をビクッとする。知ってんだよ〜だ。

「利息抜いて三百六十七万、どうするの？」

「返すよ、決まってるでしょ、借りたモンは返す、借りた借りも返す、受けた傷もそのまま返すよ」

「お金あるの？」

「財布ある？」

ミチルちゃんがおれの財布を渡してくれた。

「このカードに百七十、このカードに二百ある。暗証番号は二つとも０７２１。ミチルちゃん、この金でアマルと掛け合ってくんないかな」

「それはいいけど、このお金いいの？」

「いいの、なんかのときのためにって金だから、女の子一人の未来より価値のある金じゃないから」

「お金の価値は思い出や思い入れではなくその額で決まるわ。結構な大金よ」

「女の子たちの未来より価値のある額じゃないから」

「分かったわ、これは今日中になんとかしましょう。それよりマウスこれなーんだ」

ミチルちゃんはパーカのポケットから植木バサミを取り出し、人差し指に持ち手を引っかけブラブラさせる。

「頭峰登喜子、マウスが目を覚まさなかったら私この子を殺していたわ」

マコチンが振り向きハサミを見る。そこには「鷺山女学園一年頭峰登喜子」

「登喜子ちゃんが刺したのですか？」

マコチンがおれを見る。顔が怖い顔が。なんか中途半端で怖い。美月さんを見習え美月さんを。彼女はこういうときはずさないぞ。こちらが欲しい表情をくれるぞ。そんな驚いたんだか、泣きたいんだか、怒ってるんだか解んない中途半端な表情。こちらを不安にするだけ。リアルな感情はこんな中途半端！　みたいなのはおれは嫌い。

「登喜子ちゃんが刺したんでしょ、ねーマウス」

「本当なのですか」

マコチン顔青すぎ。ミチルちゃん顔悪すぎ。

「ん〜まっ刺さっちゃったみたいな、気にしなくていいよこれ自体は善意のタマモノなんだし」

「意味が分からないわ」

「そうです！　登喜子が刺したのですか！」

「そこはいいじゃーん、おれ生きてるし」

「良くありません‼」

バン！　バン！　バン！　バン！　バン！　バン！

マコチン！　ベッド叩くのはなし！　マジ腹に響く！　一瞬意識が遠のいた！

あれ？　マコチン、ミチルちゃん、二人しかいない。ネーネがいない。ネーネがこんなときいないなんてあり得ない。

「ミチルちゃん、つかぬことを伺いますが、ネーネは？」

ミチルちゃんが困った顔をした。マコチンの方を見る。マコチン、オモカス目をそらす。

「ネーネは？」

「マウス落ち着いて聞いて、今お姉様はこちらに来られないの」

「なんで？　ミチルちゃんネーネは？」

「……こちらには来られないのよ、マウス分かって」

「はぁ？　何言ってんのミチルちゃんネーネ今どこいんのよ？」

「今は会えないの」

「何言ってんだミチル！　ネーネ今どこよ！　話せよ！　今ネーネどこに行んだよ！」

ベッドを降り立ち上がる。管や点滴やコードがブチブチちぎれる。

マコチンとミチルちゃんがおれにしがみつき止めようとしている。ウザい！　振り払おうとするが体に力が入らない。マジ力が入らない。こんなときに、ネーネに何かあったこんなときに、おれの体マジ役立たずだ。こんな体どうなってもかまわない、とりあえずネーネのところに行きたい。ネーネに会いたい。ネーネ、ネーネ、ネーネ。

チクッ。イテなんだ？　おろ？　おれのケツに注射器が刺さってる。

「ごめんねマウス、愛してるわ」

おれはここで落ちた。起きてスグ落ちたね、デビル落ち。

×××

満《ミチル》は注射器を抜き取りキャップピングし黒いトートバッグにしまう。

ナースコールを押す。

ナースとドクターがマウスのはずれた点滴や管やコードをつけ直す。

満の口の右端から血が滲む、暴れたマウスを押さえつけたときにマウスの肘が当たったのだ。トートバッグからマフラーを出す。真っ赤なマフラー、それを首に巻き目の下まで持ち上げる、これで口元は見えない。

「ねぇ、まことさん。これから私はいろいろしなければいけないことがあるの。お金のことも、余のことも、〈皆鳥〉のことも、マウスのお姉様のことも、私はずっとマウスに付き添っていられない。また起き上がったらすぐナースコールして。それからこの部屋には今から誰も入れないで。医者とナースは必要なときこっちから呼んで、そう話を付けておくから。誰も入れてはダメ。誰が信用できるかまだ分からないから。分かったわね。明日には私が帰るからそれまでは絶対よ」

まことはうなずく。

「分かりました」

「いい子」

満は床に座り込むまことの肩に手を置く。

「お願いね」

「はい」

まことはまた、うなずく。

ナースとドクターが処置の終わりを告げ、満はこちらから呼ぶまで入室を控えるように告げる。ドクターは頭《こうべ》を垂《た》れる、了承したようだ。ナースとドクターは退室する。

「まことさん、私はあなたを信用していない。今回関わった誰も信用していない。あなたも、びがろも、豊島美月も、余も、〈皆鳥〉も、〈力丸〉も、マウスのお姉様も。分かる？」

「……はい」

「分かればいいの、私がここに帰ってくるまでの間にマウスに何かあれば私はあなたにこの世の地獄を見せることになるわ。あなたが泣きながら殺してほしいと懇願するような生き地獄。

あなただけじゃないわよ。あなたのお母様も、豊島美月さんも、頭峰登喜子さんも同じようにするわ。そうなりたくなかったら死ぬ気でマウスを守りなさい。分かったわね」

「そんなこと言われなくても私はマウスさんを守ります。私は私の大事な人を守ります。私の命に代えても守ります。これは私の使命です」

満はまことを見る、まことは満を見る。

「行ってくるわ」

満はドアを向き歩き出す。

「がんばってください！」

満は振り向かず歩みを止める。

「何それ、情緒がないわ。これから戦場に行く人間にそんな言葉しかかけられないの？」

まことはうつむく。

「……父から聞いた開戦時戦士を送り出すための言葉があります」

「それが良《よ》いわ、聞かせて」

まことは満の背中をじっと見つめ話し出す。

「これより先は闇、これより先は血と刃の闇、
あなたの目は敵しか見えず、耳は悲鳴しか聞こえず、口は雄叫びしかあげないだろう。

あなたが殺した者はあなたのことを忘れず、
あなたの刃から血が拭えることはないだろう。

あなたの魂は汚れ、最後には人の言葉も忘れるだろう。

しかし戦わなければならない。髪が抜け、目が濁り、人の言葉を忘れても、戦い勝たねばならない。

傷つき、最後の歯一つになろうともその歯で敵を噛みくだかねばならない。

何故ならあなたが守る民の命はあなたの命より重く。

あなたが守る国の名誉はあなたの命より尊いからだ。

友よ、案ずるなかれあなたの死は十倍の敵の死により償われるだろう。

友よ、案ずるなかれあなたの死により、愛する者にあなたの重さと同じだけの金を与えられるだろう。

友よ、案ずるなかれ、死しても魂はヴァルハラに迎えられよう。

その名は永遠に私が語り継ごう、愛する獣よ、いざ戦場に迎え」

満は軽く右手を挙げる。

「御武運《ごぶうん》を」

「それが良い、最後はどうせ全部運だから、マウスを頼んだ」

「はい」

満は部屋から出ていく、マウスを守るために。

××××

びがろは走っていた。

自分の失態を悔いていた。何故あのとき気づかなかったのか。後から考えたらおかしいところだらけではないか。

びがろはまことと一緒に血塗《ちまみ》れのマウスを見つけた。救急車を呼び、一緒に病院まで来た。そのとき自分の背中で女神はまだ寝ていた。彼女は病院で目を覚ました。彼女は自分の一番大切な弟が瀕死《ひんし》なことに気づき動顛《どうてん》した。取り乱し、大声を上げ、機材を壊し、自傷した。医者たちは彼女に鎮静剤を打ち別室で安静にするように告げた、自分が付き添った、そこで事件が起きたのだ。

　医者がびがろたちがいる部屋に来て個室が空《あ》いたのでそちらにお移りくださいと言ってきたのだ。びがろは言われるままに立ち上がり荷物をまとめ彼女をストレッチャーに移す手伝いもした。医者はこれから移る部屋は女性病棟なのでひとまずここでお待ちください、彼女を部屋に移し落ち着いたらお呼びします、と告げた。何も疑わず了承した。十分、二十分、三十分経っても誰も来ない。おかしい。通りかかったナースに話を聞くと当院には女性病棟どころか婦人科病棟もないと言う。そして彼女を病棟に移す話は聞いてないと言う。

　全身の血液がすべて落ちた気がした。よく立っていられたものだ。

　ここでびがろは初めて気づいた彼女が自分の女神が誘拐《ゆうかい》されたことを。それからずっと探している。自分の失態で起きたこと、自分の短絡的な考えで起こした取り返しのつかない失態。これでは十年前と一緒だ。十年前自分が何も考えずマウスを痛めつけ彼女を蔑んだ名前で呼んだあのときと一緒だ。あのとき自分は大事な物をなくしたのだった、彼女からの信頼、彼女からの愛情、彼女から自分が受けるはずだったすべてはスルリとこの手からこぼれ落ちた。そして今は彼女自身を失うかもしれない。

　捜す。今は彼女を捜す。それしかない。

　びがろは彼女を捜し横浜中を走り回っている。捜すアテが全くない、なぜさらわれたかも分からない。しかし捜さずにはいられない。じっとしていられない。

　びがろは立ち止まる。何か奇妙な感じがする。何がと言われると何とも言えないのだが、このびがろ史上最大の危機の極致において彼の五感はイージス艦のレーダー並みに冴《さ》えわたっている。

　今、びがろはB突堤《とってい》に足を踏み入れていた、横浜港最深部である。その突堤と倉庫とヘドロと油とウミネコの糞の匂いの中にびがろは超人的五感で何かを感じ取っていた。

　監視カメラか？

　世界一安全な港・横浜港。防犯監視システムは縦横無尽《じゅうおうむじん》に港全体を包み込んでいる。人間の全身を駆け巡る毛細《もうさい》血管のように、獲物をからめ捕った女郎蜘蛛《じょろうぐも》の糸のように。監視カメラもびがろが今まで見てきたどの港よりも多くどの港のものよりも高性能に見えた。だがこの違和感はそんなことではない、そんな些細《ささい》なことではないのだ。

　びがろは自分に一番近い倉庫の屋根先につく小型の監視カメラを見上げる。自分が今視界にとらえている映像には何か決定的な欠陥がある、ものすごく精巧に作られた人形を見てるような感覚に陥る。そこに人間がいるように見える。しかし決して生きているようには見えない。

　びがろは監視カメラに向かい手を振る。

　自分の考えに一定の確信を得る。

自分の足元に落ちている小石を拾い監視カメラに向かい投げる。

小石は監視カメラに当たる。

自分の導き出した答えにより深い確信を得る。

小石を拾い集め計十六台の監視カメラに向かい同じように投石を繰り返した。

隣の倉庫の監視カメラ、資材置き場の監視カメラ、クレーン設備の監視カメラ、コンテナ置き場の監視カメラ、移動しながらいろいろな場所の監視カメラに向かい投石を繰り返した。

びがろはびがろの中にあった違和感の正体を確定した。

そこにあるように見えて、決して生きているようには見えない。

監視カメラが死んでいる。

どの場所の、どの監視カメラも死んでいる。

横浜港の監視カメラは皆統一された規格で作られている。用途や場所により大きさ性能の違いこそあれ基本的に半透明の黒い半球体の形をしている。黒い半球体はカヴァーだ、その中にカメラ本体がありその球体の中を自由自在に動き対象物を捕え人間の瞳孔《どうこう》のようにレンズがピントを合わす。カメラ本体を守り、侵入者にこちらの死角を悟《さと》らせないために黒い半球体のカヴァーが存在する。

びがろはまず無意識下でその驚異的な視力により常人では視覚に捕えることができない黒い半透明のカヴァー内で監視カメラが全く動いていないことを感知した。

そして投石を繰り返し、監視カメラは自分に向かって飛んで来る小石に全く反応しないことを感知した。

そして確定した。

監視カメラは死んでいる。

たぶん防犯監視システム自体が死んでいるだろう。

ここは誰も気がつかないうちに世界一安全な港から全くの無法地帯に変わっている。

何が起きているのか？

これが自分の女神に繋がっているのか？

分からない、ただ一つだけ分かることがあるとすればこの港は今危機的状況にあるということ、そしてこの港は今の自分と同じぐらい全く何も見えていないということぐらいだ。

携帯が鳴る。

「びがろ、女神は見つかった？」

満だ。

「いや、まだだ」

「大失態だったわね、貴方のせいで敵に最大の交渉カードを奪われたわ。これで敵はマウスを思いのままに操れる。

本当に使えない男」

交渉のカード？　そんなことのために彼女はさらわれたのか。びがろは全身が怒りで熱くなる。

「貴方は信用できない。貴方が動き回ったせいでこちらの動揺が敵に筒抜《つつぬ》けなの、もう動かないで」

「ふざけるな！　こうしてる間にも彼女の身に何か起こっているかもしれないんだぞ！」

「ふざけないで。そうならないように私は動いてるの。これ以上邪魔しないで、貴方は邪魔なの、わかる？」

びがろは携帯を握りつぶしそうになる。

「貴方にはお誂《あつら》え向きの仕事をあげるわ。これから鷺山女学園に行って豊島美月という少女を保護して。この子もマウスに対する交渉カードになるわ、先に押さえたい。保護したら私の店に来て。分かったわねもうミスはなしよ、これ以上のミスは本当に命取りだから」

こいつは信用できない。こいつはマウスのためなら何もかも、びがろの大切な彼女も平気で切り捨てるだろう。だが今は言うことを聞くしかない。それ以外自分に選択肢はない。

「豊島美月だな」

「そう、急いで」

びがろは走る、大切な女神のために。

×××

豊島美月は待っていた。


豊島美月は授業中に担任の教師に呼び出された。お父様が会社で体調を崩し入院されたらしいのです。今お父様の会社の方がこちらに迎えに来てくださいます、病院に行きなさい。担任はそのように告げた。父親、もう半年は会っていない。自分がレイプされたのも、登喜子がマウスを刺してしまったのも、全部父親の借金のせいだ。今更どのような顔で会えばいいのだ父親に。会いたくない。会いたくはないが兄弟もおらず早くに母を亡くした美月には父親しか肉親はいない。会いたくはない。会いたくないが会わなければならない。美月はそんな気がした。

美月は学校正門の前で迎えを待っていた。正門には警備員もいるしここでいきなり襲われることはないだろう。美月はそう考え一人で学校正門の前にいた。

美月はよくまことにマウスの話を聞いていた。自分には憧れの人がいる。父の教え子で父は彼を灼鼠《しゃくそ》と呼んでいた、灼鼠はいくら傷つこうと精神の有り様を変えないすばらしい人だとまことは言っていた。

写真も見せてもらった。そこには学制服を着た男とまだ五、六歳のまことが写っていた。二人で肩を寄せ合い頭をつけピースサインをしている。ハジケるような笑顔の二人。まことは真面目で、人見知りで、信仰心が強く、少し年齢よりも上に見えることがある。美月はこんな屈託のないまことの笑顔を見たことがない。


「このとき私は父の働く姿が見たくて内緒で学校に行ったのです。そのとき父は学校に進入しようとする暴走族相手に金属バットで戦っていました。父は家では物静かで優しい人でしたので私はその光景に驚き泣きながら校舎裏に隠れました。見てはいけない、あの父は自分の父ではない、そう思って隠れました。もう一度見てとあれは自分の父だと確定させることが怖かったんだと思います。

泣いている私に一人の男の人が声をかけて来ました。私は怖くて怖くて逃げようとしました。そうしたらその男性は私を抱え上げ空に投げたのです。その男性は私をキャッチしもう一度投げようとしました。私は必死でその男性にしがみつきました。もう投げられたくないですから」

「非常識な人なのです」

まことはとても楽しそうに語った。

「男性は私を優しく抱きしめ頭をなでてくれました。とても優しくなでてくれたことを覚えています。今でもあの手の感触を覚えています、とても大きい手の感触を。私は男性に父親のことを話しました。私の父親は優しい人なのに何故あんなことをしているのか男性に問いました。男性は優しく答えてくれました。

『君のお父さんは教えてるんだよ、暴力はより強い暴力に屈することを。悪意はより強い悪意に屈することを悪意と暴力で教えてるんだよ。ここにいる生徒たちは暴力と悪意で何でも解決できると思っているから、そんなものでは幸せになれないって教えてあげてるの。お父さんは教師でしょ？　教えてあげるのが仕事でしょ？　しっかり教えてるお父さんは満点教師だよ』

男性は屈託のない笑顔で言いました。当時の私には理解できませんでしたが父を満点教師と言われ私の気持ちはすごく楽になったのを覚えています。

男性は私が持っている使い捨てカメラを指さし記念写真を撮ろうと言いました。私は父の働く姿をこっそり撮ろうと使い捨てカメラを家から持ってきていたのです。男性は地べたに座り込み私を膝の上に座らせ頬をつけました。

『ほら、写真はピースで笑顔、おれの顔見てみ、はちきれんばかり笑顔でしょ』

男性は本当に写真が撮れて嬉しくてしょうがないって顔をしていました。私も嬉しくなりこんな顔をしてしまいました。」

まことはハニカんでいた。

「父はこの写真を見てとても困った顔をしていました。そして教えてくれました、この男が灼鼠だよと。

私はこの日から灼鼠を、優しい私の灼鼠を忘れたことはありません」

マウスが現れたとき美月は一目でマウスだとわかった。これがあのまことの憧れの人、まことの灼鼠。とても白馬の王子様とは呼べない、決して洗練されているとは言えない、しかし野蛮な感じはしなかった。

まことの灼鼠はレイプされ汚れた私を普通に決して蔑《さげす》むことなく同情することなく普通に扱い、そして受けた屈辱は暴力で返せと言った。

俺はそうしてきたと。

いくら泣いても解決しないのだ。それは泣くだけ泣いたから分かる。前に進むのだ。それが復讐でもいい、暴力でもいい、そこに留《とど》まり、人に当たり、腐っていくより全然マシだ。

私はあの人に会えて良かった。

私をあの泥のような気持ちからすくい上げてくれた。

あの人に会えて本当に良かった。

まことには悪いが私は灼鼠に恋しているのかもしれない。こんな汚い体の私を彼は受け入れてくれるだろうか。

あっさり受け入れてくれるような気もするし、そうでないかもしれない。とても不安で心臓が裂けそうだ。

彼に会いたい。

私は彼に会いたい。

復讐よりも、何よりも彼に会いたい。

そう思う、心からそう思う。


これはいけないことだろうか？


「豊島さんの娘さんですか？」

黒いセダンの後部座席ドアが空きスーツの男性がでてきた。父と同じぐらいの年齢だろうか、髪は少し薄くなっている。

「はい、豊島美月です」

「美月さん、私はお父様の同僚の間口《まぐち》と言います。それでは病院にお送りします」

「お願いします」

あの人は病院に行ったのだろうか、お腹にハサミが刺さったのだ病院に行かなければ。

「早くお乗りください」

「！　はいっ」

またあの人のことを考えていた。いけない、今は父のことだ、父のことを考えねば。

美月は少し苦笑し導かれるままに車の後部座席に乗り込もうとする。

携帯、そうだ携帯番号を交換したのを今思い出した。そうだ電話すればいい。あの人の携帯に電話すればあの人の安否が分かるし、声も聞ける。そう声が聞けるのだ。

「少し待ってください、電話をかけさせてください。すぐすみます」

美月は携帯を出す、電話帳を液晶に写し名前を捜す。

電話帳に新しい名前が記入されている。「マウス」。こんなところまでマウスなのか。美月はまた苦笑する。

いきなり腕を捕まれた。

「早くしなさい。乗りなさい」

間口に先ほどの優しさはない。強引に美月の腕を掴み、車の後部座席に押し込もうとする。

「やめてください！」

「うるさい！　早く乗れ！」

間口は美月を力任せに殴った。美月は開いた車のドアにぶつかる、間口は足で美月を車に押し込もうとして何度も何度も美月を蹴る。

痛い！　殴られれば痛い！　蹴られれば痛い！　痛い！　痛い！

車にこのまま素直に乗ればもう蹴られない、もう痛くない、この先何をされるか分からないが今は痛くない、今は痛くないのだ。でもそれで良いのか？　殴られ蹴られ相手に屈する、暴力に屈する、それがどんなに辛いことか体験したはずだ。犯され、心も体も蹂躙されたその後の泥《どろ》のような日々。まことを裏切り、自分を犯した男たちに尻尾を振る日々。殴られるよりもつらい！

美月は自分を蹴る足を両腕で掴んだ。間口の太股に噛みつく。体は半分車の中に押し込められていたが両足はまだアスファルトについている。美月は力一杯全身に力を入れ両手で掴んだ足を押す。片足立ちになっていた間口はアスファルトに背中から転倒する。

「このくそガキ！」

「ちょっと！　何してるんですか！」

近づいてきた学園の警備員を運転席から降りた男が殴り倒す。倒れた警備員は動かない。

「このくそガキが！」

間口は美月の顔を両腕で殴る。美月はこのとき殴られている痛みは感じなかった、ただ殴られるたびに頭の中でお寺の鐘が鳴るようなゴーン、ゴーンと言う音がするだけ、痛みはない。美月はただ両腕で脚を掴み太股を噛む、このことに集中していた。

ゴーン、ゴーン、ゴーン、ゴーン
ゴーン、ゴーン、ゴーン、ゴーン

グシャ！


音がしなくなった。

「よう頑張った、遅れてすまんかった」

優しい大きな手に抱え上げられた。

マウス？

「ああ」

マウスなの？

「ああ、マウスのツレのモンよ。よう一人で頑張った」

マウスのツレ？　友達か、美月はまた苦笑する。

マウスはまことの王子様。私のことは助けてくれるはずはない。何を期待しているのだ。

手を借り立ち上がると間口も運転席の男も地面に倒れているのが見える。

「豊島美月さんでよかね？」

「はい」

「あんたは狙われとるようじゃ、俺と一緒に来てくれんね」

「あの、一つだけ良いですか。マウスさんはお体大丈夫ですか？」

「あれは入院しとる」

美月は血の気が引く。先ほど襲われたときより強い恐怖感が体を襲う。

「入院、その、容態は？」

「あれのことは心配いらんよ。あれは殺しても死なんよ」

助けてくれた男性は笑顔で答えてくれた。

「それよりあんたは狙われとる。急がんと」

美月は促され歩こうとするが歩けない。さっき襲われた恐怖が今戻って来たのか、それとも頭を殴られすぎたのか、膝がふるえて足が前に出ないのだ。

「仕方ないのう」

男性は美月を片手で抱えクルリと自分の背中に乗せた。美月はオンブされた。

「少し我慢してな」

男性は走り出した。

「俺の名前はびがろ、そう呼んでくれてかまわん」

びがろ、豊島美月奪還《だっかん》成功。

××××

力丸満《りきまるミチル》は観察していた。

1010100001110100

満は0と1の大きな固まりを二つ目の前にし、その固まりの中から自分に有用な0と1を見つけ出そうとしていた。0と1の固まりは少しずつ変化し、その情報配列を変えていく。満が言語による刺激を加えると時に爆発的変化を起こすこともある。そのようにして満は有用な情報を引き出そうとしていた。

皆鳥邸、二つの大きな0と1の固まりは皆鳥ホールディング総帥《そうすい》、皆鳥海老吉《みなどりえびきち》とその息子皆鳥染吉《みなどりそめきち》である。満には大きな0と1の固まりにしか見えないが。

力丸満は物心ついたときから世界中の物が0と1の集合体であると認知していた。人間も動物も植物も石や金属も建築物や自動車も食べ物や飲み物その味やニオイまでも誰かが話す言語や物が落ちる衝撃音までもすべてが視覚的にとらえられる0と1の集合体であると認識していた。色のないモノクロームの世界の中で飛び交う0と1。それが満に見えている世界で皆そのように見えているモノだと思っていた。満はその0と1が情報であることにあるとき気がついた、その0と1には法則があり、それを読みとることでその0と1の固まりがなんであるかを知ることができた。特に動く0と1はよくその配列を変え、これが人間であるということを認知した。それから漏れ出る太い0と1の波、これが言語であると認知した。それの周りに漂う細い0と1の波、これが感情であると認知した。

満のその異様な機能に気づいたのはまず満を生んだ母親だった。二歳でまだマトモに歩くこともできない息子が英語、ポルトガル語、スペイン語、フランス語を自在に操ることができることに気がついた。満にとっては言語の差異は簡単な0と1の配列変換であり大したことではなかった。

平仮名すら教えてもいないのに自宅にある書物をすべて読みつくし新しい難解な書物を欲した。満にとっては絵本も専門書も聖書もただの0と1の集合体であって差異は0と1の情報量でしかなかった。

そして何より異様に思えたのはその話し方だった。

「お母さま、私は本を要求します。知識を要求します。私はまだ何も知りません。多くの0と1を欲しています」

大人のような、いやまるで機械のようなその無感情な喋り方に母親は驚愕した。

母親は近くの小児科に満を連れて行ったがその医師は満の母親に紹介状を渡し大きな病院に行けと言っただけだった。満の母親は紹介状を持ち大きな病院に行ったがそこでも紹介状を渡されもっと大きな専門の病院に行けと言っただけだった。満の母親は紹介状を持ちもっと大きな専門の病院に行ったがそこの医師はこれ以上丸投げできる相手がおらず困り果てた末に今までの驚愕を驚愕させるような驚愕の事実を彼女に伝えた。

「この子は正常です」

そんなはずはないだろう！　彼女は憤《いきどお》った。

「二歳なんです！　五ヶ国語がしゃべれるんです！　難解な書物を読み漁《あさ》るのです！　機械のように喋るのです！　正常なはずがないでしょう！」

「では天才と言うことでいいんじゃないですか？」

次の方お入りください……医師は満の母親に出て行けと診療室のドアを指さした。

そこからは戦争だった。

情報との戦争だった。

まさに情報戦である。

満はものすごい勢いで情報を欲した。書物だけではなくテレビ、ラジオ、情報であれば何でも貪欲《どんよく》に欲し、すべてを吸収し、決して忘れることはなかった。また、一人で歩けるようになった満は一人で勝手に片道三十分の横浜中央図書館までハイハイ、つたい歩き、転倒や転がりなどを駆使して出かけてしまい、血だらけで図書館所蔵の難解な書物から一般書籍、専門書から思想書まで節操《せっそう》なく開館から閉館までものすごいスピードで読み続けた。

母親は考えた。まだ二歳である我が子に、暴力であり、セックスであり、思想であり、宗教であり、金であり、権力であり、その他諸々大人が大好きな欲望は悪影響なのではないか？　とりあえずまだ早いのではないか？

そこからが戦争だった。

母親は満が、二歳児が知るに値する情報なのかを、すべての情報に自分自身で検閲をかけたのである。

まず母親はリアルタイムで情報を発するテレビとラジオを捨てた。今まで愛してきた月9、楽しみにしてきた深夜番組、何気に好きな笑点、家事をしながら聞くインターFMを彼女は捨てた。

リアルタイムなので検閲できないからである。

次に母親は満に図書館に行くことを禁じた。仕事を辞め二十四時間満と過ごし、満が図書館に行かないように監視し続けた。赤貧《せきひん》になったが彼女はすぐに生活保護を申請《しんせい》し、却下《きゃっか》されても区役所の窓口で「最低限度の生活!!　最低限度の生活!!　最低限度の生活!!　憲法で定めた最低限度の生活!!」と叫びながらフロアに寝ころび手足をバタつかせた。

子供の所行《しょぎょう》である。

ただの駄々《だだ》っ子である。

しかし継続は力である。

毎日こつこつと続けることが明日へと繋がっていく。結果は一ヶ月を待たずにやってきた。毎日続けることにより区役所生活保護課の窓口担当の精神と肉体をストレスと騒音によりボキボキに折り、ズタズタに切り裂き、申請を受理させた。

愛情のなせる技である。

母の愛は横浜市西区を動かした。

一個人の愛が行政を動かしたのである。

一人の善良で職務に忠実な窓口担当の精神を生け贄《にえ》にして。

母親は図書館を憎悪《ぞうお》していた。自分が検閲していない書物が山のようにある図書館は有害図書の権化《ごんげ》のように見えたからである。

母親は本を読んで読んで読んで読んで読み漁った、検閲して検閲して検閲して検閲しまくった。このころになると母親は満にある一定の法則があることを発見していた。満は絵本であれ専門書であれ図鑑であれ辞書であれマンガであれ一日五十冊の書物を読む、それ以上は書物を目の前に見せても読まないしそれ以下だと母親がどんなに制止しようとも図書館に向かい歩き出してしまう。

きっかり五十冊、満は五十冊が情報欲求量であり情報許容量だと。

これにより検閲の骨子《こっし》が決まったと言っていいだろう。

朝、満を連れ悪の権化図書館に向かう、満に目隠しをし手錠を掛け大きめのボストンバッグに入れコインロッカーに閉じこめる。そして本を読んで読んで読みまくる。

最初は一日五冊の本を読むのが限界だった。本など元々一年に二、三冊読めば良い方の彼女にはそれが限界だった。

しかし母親である。愛情の塊である。彼女は一週間もしないうちに一日二十冊の本が読めるようになり、一ヶ月を待たずして一日の検閲量は百冊を超えた、最終的には彼女は午前中だけで百二十冊の本を検閲できる検閲サイボーグと化していた。

午前中に彼女は検閲する。

彼女は毎日毎日午前中の七時から十一時の四時間で、本を破り、勝手に書き足し、勝手に削除し、彼女の独断と偏見に塗《まみ》れた渾身《こんしん》の検閲作業を終わらせるのである。

はっきり言って図書館側からしたらとんでもない客であるので当然排除《はいじょ》に動いた。しかし彼女はその事態を事前に察知し、対策を立てていたのである。目を付けたのはサラリーマン、いや、元サラリーマン。平たく言えばリストラされ、行き場をなくし、図書館でクダまいてた親父たちである。彼女は親父たちを誘惑《ゆうわく》し、図書館のトイレに連れ込みおっぱいを触らせ、そのシーンを写真で激写したのである。

「この写真、御家族が見たらなんと思いますかね？　職を失った上、御家族も失いたいですか？」

恐喝《きょうかつ》である。親父たちは血の涙を流し、彼女に従い彼女の検閲活動に協力した。彼女に職員が近づけば身を呈《てい》しブロックし、彼女の指示に従い本を破り職員に叱られ、彼女の指示に従い本をマッキー黒で塗りつぶし図書館出入り禁止になった。

職を失い、失う恐怖に過敏な親父たちは死に物狂いに働いた。親父軍団その総数五十人、満のための決死の親衛隊《しんえいたい》である。

彼女は親父軍団に守られ心おきなく検閲活動を続けられたのである。

母の愛は海よりも深く海よりも広いのである。

彼女は十一時までに検閲を終え満をコインロッカーから出すとまず昼食を与える。生活保護を受けているといっても赤貧は赤貧である、買い食いではなく弁当である。

「お母さま、私は本を要求しまオゴゴゴグガ」

口を開けるごとに本と情報を欲しがる満の口に卵焼きやタコウィンナやおにぎりを突っ込み黙らせ栄養を補給させる。満は難しいことはよく知っているが自分で食事することができない、五ヶ国語が喋れるが箸《はし》はおろかフォークすら使えない。それ以前に食欲というモノが存在していないように思える。なので午前中は本を与えず本に対する欲求を最高潮にまで高め満が本に対するの欲求を吐露《とろ》するため唯一口を開くこの昼食を使い一日分の栄養を補給させなければならないのだ。

昼食を終えると二人は地下にある自習室に場所を移す。彼女は検閲を終えた本日特選五十冊を満の前に置き退室する。満が五十冊の本を読み終わるまで約三十分、彼女は三十分間だけ満と情報から解放される。

彼女はこのとき必ず図書館から出てベンチに座りタバコを一本だけ吸う。喫煙は一日一本この時だけだと決めている。そして彼女はタバコからたち上がる細い煙を見ながらもし満が生まれなかったら、もし満がこんな病気でなかったら、もし満の父親と結婚できていたら自分の人生はどのようになっていただろうとありもしないもしもの話を想像するのだ。

タバコ一本分だけ。

これ以上長い時間想像すると涙が出てしまうので、

タバコ一本分の時間だけ。

これが一番彼女が好きで一番自分を嫌いになる時間だった。

それから一年が経った。彼女と満二人の生活には何の変化も起きてはいなかった。

満は三歳になり、彼女の体重は三十三キロにまで激減していたがそれは二人の生活に何ら影響を与えてはいなかった。

満が北京語、台湾語、ドイツ語、韓国語、タガログ語も理解していることが判明し操れる言語が二桁《けた》に乗ったことも、彼女が検閲の機能を高めるため最新のスラングから難しい専門用語まで自在に英語が操れるようになったことも二人の生活にはなんら影響を与えてはいなかった。

そして一年が経ったある日その日は唐突に訪れたのだった。

いつものように検閲を終え彼女は満に食事をさせ自習室に連れて行き自分は退室し図書館を出てベンチに腰をかけた。

タバコに火をつける。

タバコの先から細く煙が青空に向かい上っていく。

この白い細い煙がもし蜘蛛《くも》の糸だったら。

この白い細い煙がもし蜘蛛の糸だったら、私がカンダタだったら、これを掴み昇っていけば天国に行けるのだろうか？

彼女は空を見上げる。細い煙は空へ空へと昇っていく。

そのとき私は満を連れて行くのだろうか?

風のない晴天の空へ煙は真っ直ぐ昇っていく。

涙が出た。最初は気がつかないほど、充血した目を潤《うるお》す程度に、頬を伝い一筋こぼれた後はダムが崩壊《ほうかい》したように、防波堤《ぼうはてい》が決壊《けっかい》したように止めどなく止めどなく涙があふれてきた。彼女は声を出し泣いた。何故なのだろう? 何故自分なのだろう? 何故満なのだろう? 何故不幸なのだろう? 何故幸せではないのだろう? 何故こんなに辛いのだろう? 何故幸せになれないのだろう? 彼女は声を出して泣いた。

もう愛することにも疲れた。

もう狂うことにも疲れた。

もう一ミリも、一グラムも、一ヘクトパスカルも愛せない。

もう前に進めない。

彼女の無尽蔵《むじんぞう》とも思われた愛情の水瓶《みずがめ》は小さな亀裂《きれつ》から粉々に砕け散り愛情は床に散らばり最後に残ったのはカサカサに干からびきったミイラみたいな彼女だけだった。

この日、この瞬間彼女は決断を下した。

彼女は満との決別を決めた。

「私が力丸干潟《ヒガタ》、今日から君の父親だ」

力丸干潟は満の母親に手切れ金として大量の金銭を渡し、満を引き取った。満の目の前に現れた男はどの人間よりも0と1の密度が高かった。モノクロームの世界で0と1の密度が高いほど黒くなる、目の前に現れた男は今まで見たどの人間よりも黒かった。でもそれだけのこと、何も変わらない、密度が高いだけの0と1の集合体。満の目にはそのようにしか映らず満の心にはさざ波程度にも特別な感情が浮かばなかった。

「お父様、私は本を要求します、知識を要求します、私はまだ何も知りません、多くの0と1を要求します」

力丸干潟は満の頭に手を乗せその絹《きぬ》のような髪の手触りを確かめた。

「本も良いがもっと良いものがある」

満が連れて行かれたのは小さな部屋だった。窓のない六畳程度の部屋、そこにあったのは大きなブラウン管のディスプレーと白いキーボード、壁一面に積み上げられた白いプラスチックの箱たち、無数のコード。

「この箱がお前に無数の知識を与えてくれる」

初めて自分と同じ言語でしゃべる生命体。

パーソナルコンピューターとの出会いだった。

×××

「余《アマル》のことを頼む」

力丸干潟は自分の息子、力丸余のことを持て余していた。獣のような暴力性と獣のような知性、全くない理性と文化性に力丸干潟は飽き飽きしていた。

十六歳になり、高校生になり、その獣ぶりには拍車がかかっていた。二度ほど殺してなかったことにしようかとも思ったが、それではアマリニモアマリニモなので生かしておいた。それがコノザマである。

余は同じ高校に通う一人の女性に手を出そうとしてその弟に制裁を受けたらしい。左の頬骨《ほおぼね》を割られ、上の前歯を二本引き抜かれた。少しは反省するだろう、力丸干潟はそう考えたが余の行動は違った。全く違った。十数名で徒党を組みその弟を襲ったのである。そして返り討《う》ちにあった。これで本当に反省するかと思い胸をなで下ろしたのもつかの間、余はとんでもない行動に出た。相手の家に火を放とうとして見つかり反対の頬骨を折られ下の前歯四本を引き抜かれたのである。本当に呆れた、もう呆れて声も出なかった。二人の息子、懸《カケル》と満と食卓を囲む中最後の力を振り絞り細々《ほそぼそ》と出した声が先ほどの「余のことを頼む」だったのだ。

懸は完全に無視した。

満も完全に無視した。

「頼む」

「殺してしまえばいいではないですか？」

「懸、それは短略的な考え方だ。殺すのはたやすいが、それでは獣ではないか。私たちは獣ではないんだぞ」

懸無視。

「なんとか頼めないか懸？」

懸無視。

ふ〜、力丸干潟は腹の底からため息を吐き天を見上げる。

そりゃ俺だって殺せたら殺してるよ。力丸干潟氏は自分が獣でないことをこのときほど呪《のろ》ったことはない、と後に愛犬美千代《みちよ》号（マルチーズ）に語っているところを側近《そっきん》に目撃されている。

「満、頼めないか？」

満無視。

ふ〜、また天を見上げる、そこで力丸干潟は閃《ひらめ》いた。

「満、お前が言っていたAI、考えても良いんだが」

一時期合理化経営を進める〈皆島〉に、〈力丸〉はぐいと押し込まれていた。それを五分、いやある分野では押し込むほどに盛り返したのは目の前にいる満である。満の作り出したいくつものコンピュータープログラムである。満が作り出したプログラムはクレーン操作をより滑《なめ》らかにし、倉庫管理を効率化し、荷積みを待つトラックの渋滞を八割も減少させ〈力丸〉に膨大な利益をもたらした。

そして今満が提案しているのは巨大な情報ネットワークと高性能AIを使った横浜港無人化システム『ジーザス・ブレイン・プロジェクト』である、現実すれば横浜港に〈力丸〉にとんでもない利益をもたらし、横浜港を世界最高の港にし、横浜中に失業者をあふれ返らすことになるだろう。実現すればだが。

「満、余のことを頼めないか？」

満はフォークとナイフを置きナプキンで口を拭いた。

「頼むとは、頼むとはどのようなことを期待されているのですかお父様？」

「余がこの先死ぬまで暴力を行使しない」

「くだらない」

満はフォークとナイフを持ち食事に戻ろうとする。

「高校卒業まで暴力を行使しない！」

満はフォークとナイフを使い優雅にオムレツを切る。

「高校を卒業するまで警察に捕まらない！」

満はフォークを使い優雅にオムレツを口に運ぶ。

「高校卒業まで人を殺さない！　ここが限界！　これ以上安くはならんぞ満！」

満はフォークとナイフを置きナプキンで口を拭き力丸干潟に顔を向けた。

「承《うけたまわ》りました」

満は口の両ハジをつり上げ悪魔のように笑った。

ふ〜力丸干潟はこの日三度目の大きなため息を吐き天を見上げた。再新鋭ＡＩ、いったいいくらかかることやら。


その日力丸余は十五人の手下を連れ一人の男を襲おうとしていた。今まで散々自分をコケにした男、左右の頬骨を折り上下の前歯を引き抜いた男、マウス。余の怒りはその男を殺し、その姉をメチャクチャに犯さないと収まらなかった。

殺す！　そして犯す！　単純明快な男であった。

狙うは昼休み、マウスと姉がイチャイチャ弁当を広げ体育館と校舎を繋ぐ渡り廊下途中の階段で昼飯を食べる瞬間を襲う！　五人は体育館側から、俺と五人は校舎側から、残りは見張り！　行くぞ！

「ウヲ！　アマル今日人数多くねー？　ワ！　反対側からも！　挟み撃ち！　アマルどーしたんよ？　知恵なんか使っちゃって、雨でも降るんじゃねー？　熱でも出るんじゃねー？」

殺す！

一斉に校舎側、余＋五人、体育館側五人、合わせて十一人が襲いかかる。マウスのフリッカーにより体育館側の一人が吹っ飛ぶ。壁にぶつかり、血反吐《ちへど》を吐き、膝を突き、頭を地面にシコタマ叩きつけ失神する。

「ネーネ！　ダッシュ！　ダッシュ！　びがろ呼んできて！」

体育館側の陣型が崩れた隙にマウスに姉を逃がされてしまった。クソが！　こいつブチ殺してからブチ捕まえてブチ犯せばいい。まずはこいつだ、このクソネズミがぁぁぁ!!

マウス対余＋九人の闘争が始まった。

満は目の前の光景が理解できずにいた。

飛び散る血。これが血というモノなのか。これが赤という色なのか。

飛び交う怒号《どごう》。これが声というモノなのか。これが音というモノなのか。

目の前の人間、制服が破れ、ワイシャツが破れ、上半身が露《あら》わになり、一人の髪の毛をワシ掴みにし、一人の耳をワシ掴みにし、余った足で余った人間の股間《こかん》を蹴り上げている人間。これが人間というモノなのか。

血走る目、怒髪天《どはってん》を衝《つ》く髪、殴られヒシャゲた鼻、つり上がった唇、これが笑顔というモノなのか。

満はモノクロームの世界で生きてきた。すべての物体は有機物であれ無機物であれ、生命体であれ非生命体であれ、音であれ匂いであれ、感情であれ感覚であれ等しく0と1の集合体として認識していた。でもこれはなんであろう？　この物体はなんなのであろう？　何故0と1で表記されていないのであろう？　0と1だけのモノクロームの世界で何故この物体だけはこんなに色鮮やかに、こんなに騒がしく、こんなに躍動的《やくどうてき》に、こんなに美しいのだろうか？

この人間が発した声だけが私に届く。

この人間が発した匂いだけが私に届く。

この人間が反射した光だけが私に届く。

この人間が流した血だけが赤く、この人間の肌だけが黄色く、この人間の髪の色だけが黒い。この人間だけがこの0と1のモノクロームの醜い世界で美しく、美しく、美しく、美しく、美しい。

男は脇腹を槍《やり》で刺される瞬間、父親に問う
私がしたことは善行《ぜんこう》のはず
なぜ私は脇腹を刺されるのでしょうか？
私は神の息子ではないのですか？

ゴモラの民は塩になる瞬間、父親に問う
私は摂理《せつり》に従って金を稼《かせ》いだだけのはず
なぜ塩にされるのでしょうか？
金も貴方《あなた》が作ったのではないのですか？

ロトは娘に跨《また》がられ射精した瞬間、父親に問う
私は貴方の言いつけに従い清《きよ》かったはず
なぜ娘に犯されるのでしょうか？
貴方は清さを求めたのではないのですか？

ベツレヘムの母親は我が子が兵士に殺される瞬間、父親に問う
私の子供の命も神の子の命も同じ命、等しく尊《とうと》いはず
なぜ人の子供だけ殺されるのでしょうか?
神の子の命は特別なのですか?

ハトはオリーブの木を見つけた瞬間、父親に問う
私達はただ空を飛び、虫をついばみ、子を宿し、鳥として、ハトとして、神が作りたもうたままに生きてきたはず
なぜ私たちまで罰《ばつ》を受け洪水《こうずい》ですべてを失わなければならないのでしょうか?
神の怒りに触れたのは人間だけではないのですか?

アダムは楽園を追放された瞬間、父親に問う
私は貴方が作り出した蛇《へび》に騙《だま》されただけのはず
なぜ貴方は蛇を作ったのですか?
貴方に責任はないのですか?

満は色と音と匂いと感情を知った瞬間、神に問う

私と世界は0と1の集合体のはず
なぜ貴方はこの人間と私を引き合わせたのですか?
私の欠陥《けっかん》を私に知らしめるためですか?

神よ。この出会いを感謝します
そして神よ。貴方は本当に悪趣味だ!

「余、引きなさい」

闘争の渦《うず》は収まらない。

「余! 引きなさい!!」

闘争の渦は収まらない。

満は床に置いてある消火器を拾い上げ窓ガラスに投げつける。

ガラスが割れ、床に散らばる音が大きく響きわたる。

闘争の渦がその動きを止めた。

「余、引きなさい」

「兄貴には関係ない! 俺はこのクソネズミを殺すまで止まれねーんだよ!!」

「引きなさい、ここで引かなければあなたはお父様に力丸の名前を剥奪《はくだつ》されますよ」

満は余に近づき耳元でささやく
「悪いようにはしません。ここは引きなさい」

余は持っていた三段伸縮式警棒でガラスを叩き割る。

「いくぞ！」

「アマル〜今日はこれでオシマイちゃん？　もっとヤろーよー盛り上がってきたとこジャンよ〜」

やはりそうだ。この物体が放つ言葉だけが音として鼓膜《こまく》をふるわせる。

「あなたは、私に付き合ってください」

「オロ？　今度はあんたが相手？　いや関係ない人は殴れないわ〜おれっちこー見えて博愛主義者ジャン？　プリプリプリチー醜い鼠ジャン？　みんなに愛されながら嫌われないといけないジャン」

「私は貴方と殴り合いをするつもりはありません。貴方や貴方のお姉さまに危害を加えるつもりはありません。ご安心ください」

「ん〜じゃおれになんのようなのよ？　新手のナンパ？　スカウト？　ここは原宿竹下《はらじゅくたけした》ドーリ？　おれっちこんなナリしてますけどベッドの中ではウサギちゃんで企画モノとかSMとか放尿とか激しいプレイはNGですけどゲーノー界には興味があります！」

「そんなことは強要しません。それに貴方をスカウトはしません。貴方と少しお話をさせていただけませんか?」

「なんで〜?」

満は気恥ずかしそうに目線をずらし、顔を赤らめ、生まれて初めて経験する緊張の中で発言した。

「貴方に興味があります」

××××

これが満とマウスの出会い。

満にとっては運命的な初めての人間との出会いである。それから満はほぼ毎日マウスと過ごした。マウスと過ごす時間には満を驚かせる出来事が満ち溢れていた。マウスが触った物は短時間ではあるがモノクロームからカラーに変わり、0と1からその物体が本来持つ造形へと変化した。マウスの近くにいると音が聞こえ、マウスの近くにいると匂いがした。

そしてマウスの近くにいると自分に感情があることが分かった。自分を捨てた母親に憎しみがあることが分かった。自分を金で買うように取り上げた父親に憎しみがあることが分かった。自分の中に悲しみや、嫉妬《しっと》や、妬《ねた》みや、憎悪や、差別や、裏切りや、喜びや、愛着や、愛情があることが分かった。マウスが与えてくれる世界が自分のモノクロームの0と1だけの世界より素晴らしく美しく愛《いと》おしいということが分かった。

自分がマウスを愛していることが分かった。

自分が人を愛せる人間だということが分かった。

自分がほかの人間と違う世界の住人なんだと痛いほど分かった。

失うわけにはいかない。何に変えても何を犠牲にしても世界が燃え尽き何もかもを失ってもマウスは失うわけにはいかない。マウスは自分にとって世界そのものなのだから。


力丸満は観察していた。

1010100001110100

満は0と1の大きな塊を二つ目の前にし、その塊の中から自分に有用な0と1を見つけ出そうとしていた。0と1の塊は少しずつ変化し、その情報配列を変えていく、満が言語による刺激を加えると時に爆発的変化を起こすこともある。そのようにして、満は有用な情報を引き出そうとしていた。

皆鳥邸、二つの大きな0と1の塊は皆鳥ホールディング総帥、皆鳥海老吉とその息子皆鳥染吉である。満には大きな0と1の塊にしか見えないが。

ここまでの観察で分かったことが満には三つある。

一つ目は〈皆鳥〉が豊島美月確保にヤッキになっていること、これはびがろを向かわせておいて正解だった。

二つ目は〈皆鳥〉がマウスの姉が拉致《らち》されたことを知っており、その監禁場所も知っていること。相手がその情報を持っている以上自分はここから動くわけにはいかない。まぁ監禁場所が何処なのかの情報がなかなか表面に現れず特定はできずにいるが。

三つ目は〈皆鳥〉が何か重大な欲望の卵を腹に抱え込んでいること。これがなんなのかが分からない。二人とも体の最深層《さいしんそう》にこの情報を置き、決してこちらに見えないようにしている。きっとこれが今回のバカ騒ぎの原因なのだろうが、どんな0と1を投げかけても欲望の卵は欠片《かけら》すら表面に浮いては来ない。

携帯電話が鳴る。メールだ。満は携帯のディスプレイに目を落とす。

件名「明日の仕入れについて」

満はメールを開く。

「お忙しい中すいません。

店のパソコンの調子が悪く明日の仕入れ注文ができません。

どの様にしたらよろしいでしょうか？

チーフマネージャー田所《たどころ》」

コンピューターの調子が悪い？　そんなことあるはずがない。店のコンピューターはレジからオフィスのモノまですべて『ブレイン』に直結しているはずだ、調子が悪いはずがない。いや、『ブレイン』自体の問題なのか？

『ブレイン』に何か起こっているのか？

分からない。ただ分かっているのは自分が今しなくてはならないこと。情報を引き出すこと。自分の愛するマウスを守ること。

満は「明日は店を休業にします」とメールを返し観察に戻る。

1010100001110100

満は0と1の大きな塊を二つ目の前にし、その塊の中から自分に有用な0と1を見つけ出そうとしていた。0と1の塊は少しずつ変化し、その情報配列を変えていく、満が言語による刺激を加えると時に爆発的変化を起こすこともある。そのようにして満は、自分にマウスに有用な情報を引き出そうとしていた。

「許しなさい。許すことは受け入れることよ」

「許せないこともあるよ」

「許せないことはないわ」

「あるよ」

「ないわ」

「…………」

「受け入れなさい。それがあなたなのだから」

KYU

おれは目を覚ました。夜か？　体を起こし窓の外を見る。暗い、やっぱり夜だ。さっき落ちたのが午後二時、今回は何時間ぐらい落ちていただろう？　枕元の小さな台に俺の携帯がある。時間を確かめる、九時。あちゃ〜七時間落ち、これは致命的。

おろ？　パイプイスにマコチンが寝てる。デジャビュ？　いや違うコイツまた寝てやがったのだ。だ、か、ら寝ずの看病だろうがバカチンが！　バカチン、マコチン、デコピン。

「うぐ！」

つまらない声を上げげんなーやっぱこの辺は美月《みつき》さんにはかなわない。あれ！　これもデジャビュ⁉

「お、起きられたのですか！　ここは通しませんよ！」

マコチンは立ち上がり両手を広げ部屋のドアの前に立ちはだかる。バカか君は、もうあれから七時間経ってるんよ〜今更焦ってもしょうがないんよ〜ミチルちゃんとびがろがいないんならきっと話は俺がいないところで進んでるんよ〜。

「通しませんか？」

「通しません！」

「じゃ、通りません！」

携帯を開き電話をかける。

「おれだ、今何回裏？　点差はどんだけ？」

「今は後半三十分0—2。こちらは得点元の選手が入院中ですので決め手に欠きますね」

「まだ逆転可能ジャン。よし！　やる気でた！」

「はい、マスター。ハットトリック決めてくださいませ」

「くそったれ、お前から見ておれ退院できそう？」

「腹部の損傷《そんしょう》は内臓器も傷つけていませんし、大きな血管も傷ついていません。今回は出血量が多かったための出血性ショック寸前と言うところではないでしょうか。血液量が戻り傷口の処置が万全でしたら退院もよろしいかと」

「デショー！　俺もそう思うんだヨー！　よし退院します」

「退院おめでとうございますマスター」

「ありがと、くそったれ。戦況は？　どんな感じか教えてクリクリ？」

「お姉さまは未だに見つかっておりません。満《ミチル》様が〈力丸《りきまる》〉代表として交渉に当たっておりますが〈皆鳥《みなどり》〉は知らぬ存ぜぬの一点張りで、交渉は長引きそうですね」

「そんなことを聞いてるんじゃないジャン？　おれに隠すなよくそったれ、お前の唯一良いところは滅私奉公《めっしほうこう》でしょ？　それともおれ相手に駆け引き？」

「恋は駆け引きと言いますのでマスター」

「いいよお前の望みは何？　今ならなんでも聞いたげる」

「わたくしの望みはマスターの完全勝利でございます。それ以外はございません。今マスターがお姉さまを取り戻しても話は好転いたしません。一時の安住ののち振り出しに戻るだけでございます。マスター、ここはお耐えになり、好機を見て動かれるが吉とわたくし考えております」

「ネーネは無事？」

「ご安心ください。お姉さまに指一本触れた者にはその魂で償《つぐな》わせましょう。わたくしが保証いたします、お姉さまは無事です」

「〈皆鳥〉？」

「〈皆鳥〉でございますマスター」

「それ以外は？」

「………」

「〈皆鳥〉がイキがるにはそれなりでしょ？」

「いつからお気づきですか、マスター」

「いつからって最初からでしょ、人間暴発するときはそれなりの理由があるモンよ。今までのお前で満足してた〈皆鳥〉がよりすべてを欲しがる。おかしくない？　理由があるでしょ～」

「その理由は切り札になります。今はまだ、わたくしにお任せいただけないでしょうか」

「切り札って誰の？　お前の？　おれの？」

「もちろん、わたくしのでございます」

「くそったれ、お前の望みは？」

「マスターの完全勝利この一点のみ」

「俺のバイク、入り口回しといて」

「承りましたマスター」

　とりあえずネーネは無事らしい。一安心。

　ミチルちゃんが座ってたパイプイスの上に黒い紙袋、中には洋服が一式。黒の緩《ゆる》い感じのジーパンに薄い黒のパーカ、そして黒に青いコウモリが無数に描かれているアロハ。マジミチルちゃんセンス抜群。それにサラシ、週刊誌が三冊、おれはそれを腹に巻く。まずはサラシを二回腹に巻きそして週刊誌、その上からまたサラシを巻く。腹の傷は強い衝撃を受ければまた裂けるだろうからこうして防御するのだ。ミチルちゃんホント気《き》が利く至れり尽くせりだ。ただ寝ていただけの誰かさんとは大違い。

　ナースコール。白衣の天使さんこの体にくっついたいろんな管《かん》外してクリクリ。

「そんなことをしても、お外には出せません！　私は約束したのですから！　ミチルさんが帰るまであなたを守ると！」

　寝てたくせに何言ってやがる。そもそもそのピンクのフリフリワンピ説得力ないんだよねー、それびがろの趣味？　それとも自分で選んだの？　どっちにしてもかなり痛いね、今時結婚式の二次会にもいないぜそのピンク。まずおれの趣味じゃない。いや待てこれをおっパブ渚《なぎさ》ちゃんが着ているところを想像しよう、悪くない、いや良い、かなり良い。ツインテールに垂れ目に巨乳にピンクのフリフリワンピ、これは最高の組み合わせではないか。最高というか最強ではないか。

目の前のマコチンに目を向ける。おかっぱにつり目にペッタンコにピンクのフリフリワンピ。

つまり何事も素材が大切と言うことらしい。

悲しいことだがこれは現実。

ごめんピンクのフリフリ今の君は好きになれない。

そもそもおれピンクって色あんま好きじゃねーし！

「行かせません！　出させるわけにはいきません！」

「マコチン。イク、イカないとか出る出ないとかそんなエロい話ではないのよ。ネーネはまだ無事みたいだけど、この先は分かんないでしょ？　ミチルちゃんもびがろもいろいろ動いてくれてるみたいだけど結果出てないでしょ？　なんでか分かる？」

「それだけ難しい状況なのだと思います」

「違うよマコチン。相手の狙いはおれで、おれとお話したがってるからでしょ。いくらミチルちゃんが交渉してもダメに決まってるジャン。相手が欲しいのはおれ、おれが持っている『ジーザス・ブレイン・システム』なのよ」

「………」

「マコチンも欲しがってたでしょ『ブレイン』。今回の話の中心は『ブレイン』だからこんなとこでゴロゴロしてらんないの。話の中に主役を戻さないと話は進んでいかないのよ。そして主役のお供はこの薄汚くて狡猾で醜い醜いミンナのヒーロ、デビルマウスしかできないのよ」

　分かったかなー。マコチンは歯を食いしばってワナワナしている。言い返せないだろー、やーいやーいバカマコチン。

「なんですかデビルって！　そのふざけた名前は！」

「え！　ツッコミドコロはそこ！」

「面白くもなければかっこ良くもないです！　ゴロも悪いし良いとこなしです！　それどころか悪いとこだらけです！」

「そんなフリフリピンクに言われたくないわ！　なんだその服！　七五三か！　マコチンにこの高度なセンスはついてこれないだけでしょ！」

「言いましたね！　私だってピンクは挑戦でした！　でもどうしても着たかったのです！

　それぐらい今日のピンクには意味があったのです！　似合う似合わないは別にしてその挑戦を受け入れよく頑張ったねと誉めるのが年長者のあるべき姿ではないのでしょう

か！」

フー、フー、フー、つまんないことで白熱してしまった。もうデビルはやめよう。なんかケチが付いて冷めた。さようなら新しい自分、お帰りなさい今までのおれ。

よし！　マウス復活！　これまで以上に醜くいきますよ～。

マコチンを見た。目が完全に獲物を捕る前の獣の目だ。アドレナリン出まくってる。人語通じるかな？　マコチンの目がおれをジッと見ている。食われそうな気がする。ココはご機嫌取りだ、それしかない、食われたくない。

「マコチン、ピンク似合ってるよ。マジ桃みたい」

鼻に頭突きを食らった。

×××

取りあえず原付に乗っている、後ろにはマコチンも乗っている。その後ろ、荷台って言うのココ？　てな場所にくそったれが足を絡めて乗っている、ていうかくっついている。三人乗り。ごめんなさいお巡《まわ》りさん、みんなついてくるって聞かないんです、僕のせいじゃないんです。だからお巡りさん僕を見つけないでね。

向かう先は一つ、こちとら怪我おしてきてんだ、余分なオカズはいらない。むろんご飯もいらない。目指す先はただ一つ交渉相手〈皆鳥〉。

マコチン頭突き以来口を聞いてくれない。これだからガキは嫌いだ。所得税も住民税も払わず選挙権だってないくせして態度だけはいっちょ前だ。自分の都合だけでなんでも通ると思うな。人生なめんなよ、ペッタンコのクセしやがって。

原付は山手外人墓地を通り過ぎ高級住宅街に向かう。夜の外人墓地周辺を若い男女、若いとは言いがたい男女、ババアとジジイ、ガキとガキ、たくさんの男女がウロウロデートしている。君たちいくら雰囲気が良くてもココは墓地だぞ。死者に対する敬意を欠いてるとは思わんかね。全く世の中は間違った方向に向かおうとしている、おれはそう思うね。みんなイチャリやがって。

デッカイ門。高い壁。監視カメラ。そびえる近代的な建物。表札には「MINADORI」。目的地に到着。

おろ？　入り口に真っ黒なカマロ、ミチルカマロだ。ミチルちゃんもココに来てるんだ。〈皆鳥〉〈力丸〉会談は完全アウェーでオコナわれてるらしい。ミチルちゃん待っててねー。停滞したゲームの流れをゴールゲッターミラクルマウスがぶち壊してあげるから。

「何しに来た」

おろろ？　ぜんぜん歓迎されてない。ミチルちゃんの男喋りひさしぶりに聞いた。なかなかの迫力。

「ここはお前たちの来るような場所ではない、帰りなさい」

ミチルちゃんが冷たい。全然歓迎されてない。

おれはソファーに座る、深く、寝ころぶように。タバコを出す、くわえる、くそったれが足を一本タバコの前に出す。バチッ！　目の前で火花が散る。

「ライターはいらないのです。火がつけばいいのですから」

タバコだけじゃなくおれの目の網膜《もうまく》が焼けるわ！　バカか！　タバコの煙を大きく吸い込む、ブヘ〜〜。

周りを見渡す。ミチルちゃん、おっさんが一人、兄ちゃんが一人、マコチン、くそったれ、おれ、総勢六名みんな厳しい目でおれを見ている（マーおれは自分が見えないし、くそったれには目がないわけだが）、おっさん七三、兄ちゃん七三、顔が似てるので親子と認定した。つまりこれが皆鳥パパと息子だろう。

「君が来てくれて話が早い。私が皆鳥海老吉《えびきち》だ、私は君に話があったのだよ。会えて嬉しいよ。マウス君と呼べばいいのかな」

さすが横浜港湾ツートップの一人、切り替えが早い。厳しい目から胡散臭《うさんくさ》い目へ。

「マウスでいいよ、皆鳥さん。俺に話したいことって何？」

おれはタバコをもう一吹き、ビヘ～～タバコの灰を絨毯《じゅうたん》に落とす。

「私は満君が〈力丸〉代表として交渉している内容が解らなくて苦労していたところなのだよ。ハッキリ言おう、私は君のお姉さんのことは何も知らないのだよ」

ふーん知らないんだ。

「私は私から君が不法に権利を独占している『ブレイン』を返して欲しいんだよ。あれに私がどれだけ金をかけた分かっているのかね」

知～らんペン。あんたその笑顔、卑屈《ひくつ》でかなりキモいよ。

「アレは私の物だ、私に返しなさい」

「私の？」

ミチルちゃんが皆鳥パパを睨む。

「いや失敬、アレは我々の物だ。横浜港湾の未来なのだよマウス君。アレを我々に返したまえ、返してくれればお姉さんの捜索に皆鳥も協力しよう。私たちが探せばすぐお姉さんも見つかるだろう」

皆鳥パパが歯を見せて体を少しおれへ近づける。

「すぐに見つかる。すぐに」

なるほどこーゆー恐喝もあるのね。つまらない駆け引き、こいつはこの年までこんなことを繰り返して生きてきたのだろうか？　つまんない人生。つまんない七三。

「あ～ネーネのことは心配なく、これはそのうち片が付くから。ネーネのことはいいの、そんな話で来たわけじゃないから」

またおれとくそったれ以外がおれのことを見る。

「皆鳥さん、おれは今回付き添いでね。あんたに話があるのはおれじゃない、おれの交渉相手はあんたじゃないみたいだし。あんたに話があるのはおれが連れて来たマイ・スウィート・ハニーだわいな」

「私は、いえ、何も」

マコチンお前じゃない、顔を赤らめオタオタするな。

「わたくしでございます皆鳥様、わたくし『ジーザス・ブレイン・システム』がマスターの後を受け、お話させていただきます」

「ブレイン、これが……」

「はい皆鳥様、わたくしが横浜港湾の未来『ブレイン』でございます。皆鳥様、単刀直入にお伺いいたします。横浜港だけでは満足できませんか？」

「何を言ってるんだきみは！」

いきなりデカイ声を出すなよ皆鳥パパ、ビックリするでしょ！

「言葉のままですが。横浜港、新潟《にいがた》港、それを結ぶ物流専用高速道路『ゴールデンライン』、確かにすばらしいプランですね、中国には太平洋直結の大きな港が少ない。太平洋から横浜、横浜から新潟、新潟から大陸、横浜港を大陸最東端《さいとうたん》の港にしてしまう禁断のプラン。太平洋から大陸へ、大陸から太平洋へ大きな物流拠点《きょてん》。物が大量に動くでしょうね、お金も大量に動く。そのすべてを仕切りたいのであればたしかにわたくし『ジーザス・ブレイン・システム』が必ず必要になるでしょう」

『ゴールデンライン』、センスが悪い。なるべそ話はそーゆーことね。利権、利権、利権。

「お話を伺いたいですね」

ミチルちゃん、皆鳥パパを睨む。皆鳥パパタジタジ。形勢逆転、やっぱおれが来て良かったでしょ。でもこの話はおいといて本題は別にある、こんな話はどうでもいいのだ。

つまり〈皆鳥〉が〈力丸に〉黙って行っていたこのプラン。横浜港、新潟港、『ゴールデンライン』。〈皆鳥〉も大きな組織だが単独でこんな大きな絵は描けない。誰が後ろにいるのかな？　教えてクリクリ？

「皆鳥様。わたくしは皆鳥様が何をされようが妨害する気も、お手伝いする気もないのです。そのような些末《さまつ》なことには興味がないのです。しかし皆鳥様がわたくしとわたくしのマスターに危害を加えようとするのでしたら」

くそったれが足の一本をゆっくり上げる、電撃スパーク！

「わたくしにも考えがありますが」

電撃が近い！　おれに当たるだろうがバカが！

「君はつまり我々には協力する意志がないと言うことだね」

七三息子がいきなり喋り出す。父親に顔は似てるが無表情。スーツにネクタイ、ワイシャツは白、歳は俺より上っぽい三十ぐらいかな？

「君には少なくない維持管理費用と大量の電力を供給している。総額でいくらになるか知ってるかい？　我々のために働く義務が君にはあると思うのだが」

お～お金の話。やっぱり最後は金かね？

「わたくしは『ヴォルグ２０００』を使い、それなりの働きをして皆島様に還元《かんげん》していると思いますが？」

お～なんか分かんないけどくそったれツ～ヨ～キ～。

「人間でやった場合と君が消費する金額との差額は三億五千万円程度、つまりは君は毎年三億五千万円の赤字を垂れ流し続けているんだ。君はこのままでは無駄な金食い虫だ。そろそろ本領を発揮しても罰《ばち》は当たらないんじゃないかい？」

「わたくしは、『ヴォルグ２０００』は、ほかの港への牽制《けんせい》として金額にはならない利益を横浜港にもたらしていると自負《じふ》しております。『ヴォルグ２０００』ほどの防犯監視システムをほかでご覧になったことはありますか？　私に多くを求めるよりも、わたくしから受けている恩恵の偉大さを噛みしめるほうが先かと存じますが？」

「子供の遊びじゃないいんだよ」

「子供の遊びではございません。わたくしが『ヴォルグ2000』を停止させそれを証明いたしましょうか?」

皆鳥息子、眉間にシワ寄せて熟考。

十秒、二十秒、五、四、三、二、一。

「どうしてもだめかい?」

「了承しかねます」

「それでは君の大切なマスターのお姉さんが帰って来ないかもしれないよ。それでもいいの?」

「それについてはおれから」

携帯灰皿を出しタバコを消し吸い殻を入れる。携帯灰皿持ってますよ。大人のタシナミでしょ? ミチルちゃんがズボンのポッケに入れててくれただけだけど。

「ネーネサラったのはあんたたちじゃないでしょ? だからあんたたちの言うこと聞いてもネーネ帰って来ないでしょ?」

マコチンビックリ顔、皆鳥パパ渋顔、皆鳥息子無表情、ミチルちゃん悪い顔。良かったミチルちゃんの悪い顔が見られて。ここに来たカイがあった。マコチン両手で口押さえるの古典すぎてギャグみたいよ。

「さっき携帯にこんなメールが来てたのよ、

『豊島美月は〈皆島〉から保護した　安心して寝てろ　びがろ』

このメール来たのネーネサラわれた後なんだよね。オカシくね？　ネーネ手元に有れば美月さんにまで手出すことないでしょ？　人質は一人より二人の方がいい？　そんなことないでしょう～女サラうような犯罪一回ですめばその方がいいはずでしょ。びがろは〈皆島〉から保護したって言ってる。びがろの言うことは信用できる。つまり豊島美月を拉致ろうとしたのは〈皆島〉、何故なら〈皆島〉には人質が一人もいないから」

おれは新しいタバコをくわえる。ミチルちゃんが素早く移動しおれのタバコに火をつける。「ちっ！」舌打ちをし、くそったれは出した足をしぶしぶ引っ込める。舌打ちって、舌ないくせに。

「ここで問題。じゃ誰がネーネを拉致ったのか？〈皆島〉は違う。ミチルちゃん、〈力丸〉は？」

「違う、そんな話は聞いてない」

「アマルは違う。アマルはびがろを出し抜いてネーネ拉致れるほどシャープでクレバじゃないから」

「それでは誰がお姉さまを？」

マコチンナイスクエッション！　君初めていい仕事した！　そ～よ、俺は最初から君には期待してたの！　君はいつかやる子だって、オジチャン信じてた！

「つまり、〈皆鳥〉以外に『ブレイン』が欲しい奴。前にミチルちゃんおれに言ったよね、『ブレイン』は外の奴は欲しがらないって」

「言った」

「でも〈皆鳥〉が『ブレイン』を使い、この『ゴールデンライン』全部自分のにしようとしてたら？　ミチルちゃんが『ゴールデンライン』関係者だったらどうする？」

「『ブレイン』を破壊する、いや、それだけの力が有るものなら手に入れたくなる」

「そーゆーこと」

「つまり犯人は『ゴールデンライン』……」

マコチン、それは道でしょ。道に人は拉致れないでしょ。

「その関係者ってとこでしょ」

我ながらナイスフォロ。

「それじゃ皆鳥さん。この『ゴールデンライン』、誰と取り引きしてたか教えてクリクリ」

そいつが犯人だからね。

皆鳥屋敷を出たらミチルちゃんがおれをぎゅーっと抱きしめキスをした。

「マウス、私心配したのよ。お腹《なか》の傷は大丈夫？　痛まない？　こんなとこ来ちゃダメじゃないのっ！　こんなとこ来ると魂が汚れるのよ！　マウス～本当にあなたは無茶しないで、マウスが死んだら私も死んじゃうんだから」

ミチルちゃんこのごろおれにキスし過ぎ。

「ん～～～！んっん～～～～～～！！！」

なんだマコチン、君は顔を赤くして近づいてきて。なんか怖いぞ。

「何をしてるのです！　この小娘は全く！　今回一番活躍したのはわたくしです。キッキッスはわたくしの物です！」

くそったれは頭らしき部分をおれの頬に押しつけてくる。痛い、かなり痛い。マコチンもにじり寄ってくる。怖い、こっちもある意味痛い。

「あなたたち車に乗りなさい、マウスを困らせないの。早くこんな場所離れましょう」

ミチルちゃんはカマロのドアを開く。

「ミチル様はいいですよね、早々にマスターからご褒美《ほうび》をいただきましたから。わたくしはまだです。さあマスターわたくしにもご褒美を」

ご褒美も何もまだ何も終わっちゃいない。ネーネはまだ帰って来ていない。まだ何も始まっちゃいない。

「ミチルちゃん悪い！　おれ行くわ！」

原付に跨る。腹はまだ大丈夫、少し痛むがまだまだ行けそう。

「くそったれ、乗れ」

くそったれが荷台に絡みつく。

「やっと二人乗り。こうしているとローマの休日のオードリー・ヘプバーンみたいではありません？　わたくしは白いし細いですから」

何言ってる、お前はガリガリリアルオバＱだろうが。

ブンブロブーン
おれたちは山手《やまて》から下に降り山下公園を抜け、みなとみらいを抜けポートサイドへ、この高層マンション群の一室にネーネはいる。

一つのマンションの前に原付を停める。白ポールが一本近づいてくる。この白ポールはくそったれの分身。つまりくそったれはネーネが拉致られてからずっとネーネをつけていたのだ。見てたんなら止めろよ！　とつっこみたいところだがくそったれは今回ネーネを囮《おとり》にした取り返してもまた奴らはおれやネーネを襲うと考え、本体を叩くべくネーネを囮にしたのだ。この鬼畜《きちく》。ほんと機械が考えることは合理的だが冷たい。人情って物がない。ネーネに危害が及びそうになったら白ポール隊が三十本雪崩《なだれ》のように部屋に押し入ることになっているらしいが三十本もあるならまず犯罪を未然に防げ！　お前の仕事は防犯だろうが！　くそったれは本当にくそったれだ。

「本当にここなんだろうな、くそったれ」

「間違いはありません。マスターわたくしが間違えたことがありましたか？」

自分が正当だというその考え方が間違えだ。本当に正しい奴なんていない、一人も。人間は生まれ落ちた時点で悪だ。心の中まで真っ黒だ。みんな間違っているから正解を探して必死なのではないか。自分が行う善行を偽善ではないかと悩まない人間がいるだろうか？　自分が流した涙がつまらないヒロイズムではないと誰が言えるだろうか？　みんな自分で自分が分からず分からないことを隠して気が付かないふりをしてそして本当に気づかず生きているのだ。

くそったれお前はおれといた方が良い。なんでも分かっていると思っているお前は何も分からないと分かっているおれといろ、その方が良い。お前にはおれが必要だ。ミチルちゃんもおれが必要。マコチンもおれが必要。でも、誰よりお前にはおれが必要だ。

そしてネーネにもおれが必要でおれにもネーネが必要。おれとネーネは共生関係であり、お互いがお互いに寄りかかり合って生きている。

おれはおふくろさんとの約束は守らねばならない。

「いいかい、お前のネーネは天使なんだよ、だから天使は大事にしなくてはダメ。お前が天使を大切に守っていかないといけないんだよ」

おふくろさんとの約束を守るためにはおれにはネーネが必要なのだ。

おれがおふくろさんと繋がっていられる唯一のツールそれがネーネ。

「くそったれ、奴らもココにいるの？」

今回の黒幕。

「はい、います。今ごろお姉さまを前に作戦会議といったところではないでしょうか」

黒幕、お前の罪はデカイ。おれから日常を奪い去り、おれとおふくろさんの絆を断ちきろうとした。

お前の罪は重い。

万死に値する。

×××

ミチルの車の助手席にまことは座っていた。ミチルは機嫌が良さそうだ、なんでこんなときに笑顔が出るのだろう。まことはマウスが一人（変なポールも一緒だが）危険な場所に向かっていることが不安でしょうがない。

「楽しそうですね、こんなときに」

まことは苛立ちが隠せない。

「楽しいから、やっぱりマウス本当に愛おしい。私はマウスが大好きなの。マウスのためなら死んでもいい。いえ、マウスが戯《ざれ》言《ごと》で死ねと言えば喜んで死ぬわ」

やっぱりこの人はおかしい、まことは体が冷える感覚がした。でもこの人が言っていることは理解できてしまっている自分もいる。マウスのためなら死ねる。たとえそれが戯言でもその気持ちを理解してしまっている自分がいる。

「マウスは大丈夫、彼は強いし。『ブレイン』も付いてるし。アイツ等も横浜ではたいしたことはできないわ」

ミチルは車を路肩《ろかた》に停める。

「それより貴方のこと、貴方マウスのこと好き?」

まことは自分のスカートの裾《すそ》を両手で強く握る。

「はい」

ミチルはまことを見る。

「でもマウスは貴方のことを愛してくれるけど好きにはならないわよ、それでもいいの?」

まことは唇を噛む。

「お姉さんですか?」

まことはミチルを見られない。

「お姉さま? あーなるほどそう思って当然よね、お姉さまは本当に美しいし本当にマウスを好《す》いて愛してるから。でもマウスはお姉さまを愛してるけど好きではないわ。そうじゃないの、そんな簡単なことではないの、ココから先は聞いても良いことは一つもないけど。聞く？」

怖い。マウスが愛する人、自分ではない人その人を知るのは怖い。でも聞かないわけにはいかない。何故ならもう自分はマウスを心から消すことはできないから。

まことはミチルを見る。そして深々と頭を下げた。

「教えてください、お願いします」

「マウスはね捨て子なの。マウスのお母様は働き者で昼は図書館で司書《ししょ》をされていて、夜は野毛《のげ》の中華料理屋で働かれていたの。そこに中国から出稼ぎの夫婦がいたの、住み込みで。妻の方は身ごもっていてお母様はいつ生まれるかとても楽しみにされていたみたい。

あるとき夫婦が突然逃げたの。借金かなんか分からないけどいなくなってしまった。産まれる子供も見られない。お母様はとてもがっかりされてなんとなく夫婦が住んでいたアパートの部屋を訪ねたらしいの、そうしたら部屋の中から泣き声が聞こえたのだって。とても可愛いい泣き声だったらしいわ」

「それが……」

「そう、それがマウス。母親はマウスをアパートで産んでそのまま見捨てて逃げたのよ」

「そんなっ、そんなことって」

まことは涙がこらえきれなかった。自分の愛する人がそんなひどい目に遭《あ》っていたなんて、自分の身が切られるように痛い。

「お母様はすぐに血塗れのマウスを連れて帰り自分の子供にしたわ。そして愛したの自分の子として。

マウスは自分が醜い醜いと口癖のように言うでしょ。マウスの顔はそんなに醜い？」

誠は首を横に振る。彼の顔は決して醜くない。少し個性的だが優しげで彼の顔を見て醜いと思う者はそういないだろう。

「マウスのお母様は皮膚が弱くてだいぶタダレてたし、小さいころの火傷の後が首筋から胸にあってそれも目を引いたわ。こんなこと言ってはなんだけど見た目が決して美しい人ではなかったの。マウスは自分が母親に似ていると思っているの。自分と母親は家族、血が繋がった家族、だから醜い母親から生まれた自分は醜くないはずはないって」

「マウスさんは知らないのですか？　その、お母様のこと」

「知ってるわよ。でも知っていたって理解できないことってあるでしょ？　自分は捨て子、分かってるの。でも誰の腹から出てきたか聞かれれば迷わずお母様の名を言うわ。血が繋がってないと分かっていても血の繋がりを信じてる。だからマウスは醜くないといけないし、お母様との約束は守らなくてはならない。お母様は敬虔なクリスチャンで、でも頭の良い人だったから原理主義者《ファンダメンタリスト》ではなかったわ。お母様はマウスにいろいろ教えたの、そして約束させた、キリスト教の綺麗なとこだけ。

自由、貴方は誰のことも縛《しば》ってはならない。

平等、貴方は誰も差別してはならない。

博愛、貴方はすべての人を愛さなければならない。

これがマウスとお母様の約束」

ミチルはお茶のペットのキャップを外し一口、口に含む。

「マウスの心の中はお母様でいっぱい。分かった？　これがマウス、私の愛しいマウス。お母様の教えに忠実な狂信者、お母様の教えしか信じず、お母様の教えを守ることにすべてを捧げる原理主義者《ファンダメンタリスト》、狂おしいほど愛おしいお母様の奴隷《どれい》」

ミチルは口の両はじを吊り上げ悪魔のように笑う。

「私の愛しい、愛しい、ファンダ・メンダ・マウス」

×××

「やあ、待ってたよ」

部屋に入ると男はパイプイスに座っていた。部屋の中には家具も何もなく、男が一人。

その後ろでネーネが横になっている。顔は見えないが寝ているのだろう。

「このときを待ちわびてたよ。顔を見せてくれ、もっと近くに来てくれないか」

男は手招きをする。

男の顔は影になりよく見えない。黒いスラックスに深い緑のブイネックセータ、ビカビカ光る黒い革靴、どれもかなり高そうだ。高そうな腕時計、手には黒い革手袋、優しい声、歳は四十後半ぐらい、髪は短く刈られていて清潔感がある。体は引き締まっていて腹は出てない、背はおれと同じぐらい。

「御免《ごめん》な、いなくなったりして。でも許して欲しい。また家族に戻ろう、それを母さんも望んでいるはずだよ」

男はイスから立ち上がりおれに右手を差し出す。

「フェイ、俺の息子」

大きな手のひら、俺と同じぐらい大きい。

「俺の元に来いフェイ。お前は日本人じゃないし、ここに家族はいない。偽《いつわ》りの名で呼ばれ、偽りの人生をいつまで過ごすつもりだ。お前はホァン・フェイタン、俺の息子だ。すべてを捨て俺の元に来い、俺がお前にすべてを与えてやる」

「感動の親子の再会です。握手のときぐらい手袋を取られてはどうですか。わたくしのマスターに失礼でしょう」

男はくそったれに目をやる。

「これが『ブレイン』か。新潟も横浜も、〈皆鳥〉も〈力丸〉も、こんな玩具《おもちゃ》一つを取り合っていたのか。なぁ機械、お前は消えろ。お前がいなくなればこんなつまらない争いは直《す》ぐに収まる」

「そしてあなた方華僑《かきょう》の方々の独《ひと》り占《じ》めですか？」

男は笑う。声を上げて笑う。

「楽しい玩具じゃないかフェイ。こいつは良い。愛玩《あいがん》用に飼いたければ飼えばいいじゃないか。ただシツケが必要みたいだ」

男は右手の指を鳴らす。パン、乾いた音。くそったれの頭が吹っ飛ぶ。

「こいつは本体じゃないから、大丈夫だろ？　外にいたこいつの仲間も今頃バラバラになってるはずだ」

男は俺の肩に手を置く。

「お前はここに新潟の奴らがいると思って来たみたいだが、アイツ等はもういない。俺が殺した。ここにいるのは俺たちとこの娘だけだ。俺の話を聞けよフェイ。なんでお前が生まれたのか俺が教えてやる」

男はまたパイプイスに座る。

あれは二十五年前、俺も若かった。俺は日本生まれの華僑だ。日本で生まれ、日本の華僑の中で育った。俺の親父は汚い仕事をしてのし上がったから華僑の中でも嫌われ者でね、その息子の俺も嫌われてた。華僑は小さな世界で、小さな国だから嫌われると生きていくのは大変だ。親父は考え俺と横浜華僑の大物の娘を結婚させることにした。政略結婚さ。俺たちは血縁を大事にするから一度自分の血をねじ込んじまえば安泰《あんたい》だと思ったんだろ。

俺は別に結婚相手なんて誰でも良かったし気にしなかったが、相手は違った。相手には好《す》いた男がいてさ、そいつと一緒になりたいみたいだった。その相手は大陸からこっちに来たばっかの不法入国者で金も誇れる家柄もなかった。それにホァン家は台湾系だから親の許しは出なかった。

そして俺たちは夫婦になった。

俺はそれからホァンを名乗っている。名門ホァン家の一員になったのさ。

一年、俺は汚い仕事でホァン家の中でのし上がった。名門てのは名前ばかりで中は金がなくてヒーヒー言ってたから俺はそこに汚い金を流し込んでやった。ホァン家は生き返ったよ、汚く醜く生き返った。

一年、そう、一年しかあの女は耐え得られなかった。あの女は好いた男と逃げた。

俺は探したよ。一般社会じゃどうだか知らないが俺のいる世界では女寝取られたなんてのは最低でね。誰も彼も俺をなめてくる。俺も必死さ、神戸《こうべ》、長崎《ながさき》、そして大陸。いろいろ探して、いたのは横浜。なんのことはないアイツ等横浜を出る金もなかったんだ。

見つけて驚いたね。あの女、腹がデカくなってやがった。父親の前で腹をさいて赤ん坊を引きずり出してやったよ。そして父親も腹をさいてやった。腹から出た赤ん坊は生きてやがった。俺だって鬼じゃない、赤ん坊は生かしておいた。部屋にそのままにしてコイツの運が良ければ助かる。後は神様が決めること。そう思ってね。

お前のことを知ったのはつい最近さ。新潟の奴が俺に仕事を頼んできたんだ。そのときお前の写真を見て体が震えたよ。お前のことを調べたらやっぱりあのときの赤ん坊だと直《す》ぐ分かった。お前は俺にそっくりだ。背格好、手の大きさ、クレバで誰も信じてないとこも、若いときの俺そのもの。

あのとき、あの女の腹にいたのは俺の子だったんだ。

あのとき、お前を殺さないで良かった。

お前は俺の息子だ。

フェイ、俺と来い。俺がお前にすべてを譲《ゆず》ろう。

フェイタン、この名前は俺の親父、お前の爺《じい》さんが孫につけたくて考えてた名前だ。

来いフェイタン、お前は華僑の王になるんだ。

王様、王様だ〜れだ！　王様の言うことは絶対！
欲しいものはオッパイ！
今のハイでテンパイ！

王様、王様の耳はロバの耳
王様の耳はロボの耳、カッケー！
王様の耳は祖母の耳、聞こえ悪そう
王様の耳はカバの耳、カバ、耳なんてあったっけ？

王様、裸の王様
はかまの王様、そりゃ殿様か
オカマの王様、裸の王様よりいそう
はざまの王様、つまりこれがおれ
おれは今選択の狭間《はざま》、分水嶺《ぶんすいれい》にいる

おれは今までおふくろさんの教えに忠実に生きてきた。何故ならおれの心にはおふくろさんの言葉以外響かず、おふくろさんの言葉以外染み込まなかったからだ。俺は孤児だ。これは知ってる。ネーネは頭パカパカだから全く気づいてなかったが誰も隠そうとしなかったしおふくろさんも隠そうとしなかった。

その上で自分の息子としておれのことを愛してくれた。

何もかもが醜いおれを受け入れてくれた。

おれは今まで何もかもを受け入れてきた。何故ならおふくろさんが受け入れなさいと言ったからだ。すべてを受け入れなさい、それがあなた自身なのだからと言ったからだ。だからおれはすべての人間、現象、事件、事故、暴力、愛情、そしておふくろさんの死も受け入れてきた。

悲しみがないわけじゃない。

憤りがないわけじゃない。

拒絶がないわけじゃない。

絶望がないわけじゃない。

すべてをぶち壊したいときがないわけじゃない。

すべてを犯したいときがないわけじゃない。

すべてを殺して黙らせたいときがないわけじゃない。

世界に唾吐《は》きたいときがないわけではないし。

本当は今を愛していないときがないわけじゃない。

おれは聖人でもなけりゃ、キリストでもない。

腹ん中は憎悪と妬《ねた》みと憎しみがドロドロ、グツグツ、真っ黒に煮えたぎっている卑《いや》しい卑しいドブ鼠なのだ。

それでもおれはすべてを受け入れてきた。

それだからこそ受け入れてきた。

おれはすべてを愛してきた。

それだからこそ愛してきた。

おれはすべてを許してきた。

それだからこそ許してきたのだ。

おれの内なる狂気に立ち向かわんがために。

おれの信仰に忠実ならんがために。

おれはおれのために。


おれには良く分かる、目の前にいるのは自分自身だ。おふくろさんに出会わなかった自分自身なのだ。まるで鏡を見ているみたいだ。

この男におれは生まれた時点で虐待《ぎゃくたい》を受けたらしい。いや腹裂いて引っ張り出すなんて出産自体がＤＶだ。そして二十五年間放置プレイで、いきなり感動の対面で、語ることは自分の虐待自慢。それもおれへの。そしておれを生んだ女性への。

受け入れられっかね～マジ今までにないぐらいのゴイス～だわ～どしたもんかねおふくろさん？　まー聞いてもしょうがないんだけど、死んでるし。ポックリ逝《い》ってるわけだし。ドーセ受け入れちゃうんだし。そんなおれがおれなわけだし。

フェイか悪くないね。おふくろさんが付けてくれた名前より、マウスより、デビルマウスよりしっくりくる。

そう、これが俺の名前、ホァン・フェイタン俺の本当の名前。

親父。初めて見る血の繋がった人間。おれはこの世界の異種じゃない証明。親父がいる世界は漆黒《しっこく》よりも暗く、深い深い泥の中のような世界だろう。きっとその世界は今おれが生きてる世界よりおれに合っているはずだ。体で、いや血で分かる。おれのリアルは向こう側だろう。

「フェイ、それがおれの名前」

「そうだ、お前はフェイ」

「あんたがおれの親父」

「そうだ、お前が俺の息子だ」

「初めまして親父、フェイだ」

「初めまして息子、コンロンだ」

俺たちは握手をする。お互いに手を強く握る。自分と同じ大きさの手、血縁の証。

「フェイ、俺のことはロンと呼べ。俺のことをそう呼べるのはお前だけだ」

「ありがとうロン、おれは一つ貴方に言っておかなければならないことがある」

「なんだフェイ、なんでも言え。俺たちは親子だ隠しごとはなしにしよう」

「おれはこれからフェイと名乗る。だがおれは今までの生き方を変えるつもりはない。生活も変えるつもりはない。おれはおれの生きたいように生き、俺のやりたいようにやる。そんな息子でもあんたはいいのか？」

ロンは口の端を少し引き上げる。笑っているのだろう。

「それとも、気に入らないから殺すか？」

「フェイ、お前は何をしようとも俺の息子だ。俺はお前を殺さない。好きに生きろフェイ。お前は必ず俺の元に返ってくる。お前の血は深い闇の中でしか住めない」

「ありがとうロン」

おれはネーネを抱え上げおぶる。愛してるよネーネたとえ血が繋がってなくても。

「新潟の奴らはもういない。もうお前の日常を脅《おびや》かす奴はいないぞ。その女も安全だ。フェイ、その女をどうする？　その女はお前の姉じゃない、お前の女にでもするか？」

「そんなことはしないよロン。それにこの話はまだ終わっちゃいない」

「シツケはしっかりな、フェイ」

「じゃあまた、ロン今度飲みにでも行こう」

「ああ、いいな親子で酒を飲む、楽しみだ」

ロンは影の中に消えていなくなった。部屋の中なのに、すごいスキルだ。今度会ったときに教えてもらおう。

おれはネーネをおぶり部屋を出る。

「あったかいおー」

「おう？　ネーネ起きてたの？」

「ずーとおきてたおーおはなしながかったおー」

「そうなんだ、話聞いてたんだ。御免ね～おれネーネの弟じゃないみたい」

「いいんだおーフェイはわたしのたからものだおー」

ネーネはおれの耳にキスする。

「かわらないおー」

「ありがとネーネ、ネーネもおれの宝物だよ。愛してる」

ネーネはおれの背中におぶられながら、おれを強く抱きしめる。

「これであかちゃんつくれるおー」

「へ！」

「あかちゃんほしいおー」

「は！　何言っちゃてるの！　ネーネ！」

「およめさんだおー」

「ネーネ話聞いてたんじゃないの？　そーゆうのはなしの方向で話してたよねおれ？」

「ねてきいてないおー」

「聞いてないの？　聞いてたの？　どっち？」

「わかんないおー」

「分かんなくなくね？　その話結構終盤に話したぜ。都合の悪いときだけ聞いてないフリすんなや！」

「およめさんだおーわたしおよめさんになったおー」

「いや、話飛び過ぎじゃね？　おれの話聞いてる？」

「かわいがってあげる、いまよりずっと」

神よおれにどれだけの試練を与えるのか、もうお腹イッパイです。

×××

ネーネを原付の後ろに乗せる。お巡りさんごめんなさいもう二人乗りしません。１２５

買います。今日だけは許してください。マイマシンレッツラゴー！

ネーネ！　耳を噛むな！　太股《ふともも》スリスリすな！　オッパイグリグリ押し当てんな！　しっかり掴まってろ！　本当に落ちるぞまったく！　性的イタズラをすんな！　ついさっきまで弟だった男とだぞ、切り替えが早すぎだろ！

ミチルちゃんの店にはマコチン、びがろ、ミチルちゃんそして美月さんがいた。美月さん何その顔、ボコボコで特殊メイクみたいだけど。あ！　前歯が一本ない！　ドリフみたい！　さすが美月さん外さないわー。

原付降りてもネーネはカラミ付いてくる。股間はやめて！　露骨に性的だから。唇を噛まないで！　びがろが見てるから。

「ものすごく仲が良さそうね。どうしちゃったのマウス」

ミチルちゃん、笑顔なのにコメカミに青筋がたってるよ。

「マウスじゃないおーフェイだおー」

「フェイ？」

「そうだおーフェイポンだおー」

お爺ちゃんがくれた名前がいきなり台無しにされた。

「ホワイ・ヘイポンだおー」

なんだそれ！　全然あってない！　ファワッツ・マイケルみたいにされた。

「どういうこと？　何があったの？　教えてマウス」

「そんな大したことはないよミチルちゃん。パパンに会って名前をもらっただけ。ホァン・フェイタンこれがおれの名前。でもマウスでいいよ。おれは醜い醜いお袋さんと手のデッカいパパンの子、チュウチュウマウス今までと変わんないから」

みんなごめんね、いろいろ話したいけどまだ話は終わっていないからおれ行くわ。おれはネーネをお姫様ダッコしそのままびがろに投げる。びがろナイスキャッチ。

「また後で、これより先は汚い汚い鼠の仕事。各方には目を覆うばかりの惨劇にて決してご鑑賞なさらぬように」

右手を胸に当てお辞儀《じぎ》をする。そのままゆっくりと外の闇に移動。できた闇紛《やみまぎ》れの術、やっぱりすごいねおれ。

ガシッ、誰かに左腕を掴まれる。オロ？　見えてねーんじゃねーの？

「何をふざけているんですか！　どれだけ心配したと思っているんですか！　なんですか！　ワッツ・マイケルって！　猫ですか！　バカですか！　いい加減にしてください！」

それはモロ猫だろーがよ！　原型なんねーじゃねーか！　何ヒトをバカ猫扱いしてんのバカかジャリが！

「マウスもしかしてだけど、それでそのまま闇に紛れて消える的なことがしたかったわけじゃないでしょ？　できると思ったわけじゃないわよね？　私もいろいろマウスの奇行には耐えて受け流してきたけど今のはピカイチの愚行《ぐこう》だったわよ」

「ミチルちゃん、おれ全然消えてなかった？」

「消えるはずがないじゃないですか！　バカですか！」

「消えるはずがないのよマウス。バカじゃないかしら？」

言いたいこと言うね君たち。おれのグラスハートイズブロークンだわ本当に！　消えてなくったって消えてるフリしろよ！　そのへんは最低限度の礼儀だろうが！

「マウス今日おかしなことがあったの」

あー⁉　何言ってんのミチルちゃん⁉　今日はどころか昨日からおかしなことだらけだろうがいや！

「びがろがね、港の監視カメラが死んでたっていうのよ。ねぇびがろ？」

ミチルちゃんはびがろの方を振り向く。

「死んどったね」

びがろは頷く、

「今は完全に元通りなんだけど、確かに落ちていた形跡はあるのよね。こんなこと初めて」

ミチルちゃんはその長い人差し指を自分の顎に当て小首をかしげる。マー不思議なんじゃね？　でも今話すことか？　おれに関係あるか？

「今日ね、この店のコンピューターが調子が悪くて明日の仕入れができなかったの」

知るか！　んなこと！

「この店のコンピューターはすべて『ブレイン』直結なのこれっておかしいと思わない？」

「お得意の誤作動じゃね？　アイツよく誤作動するジャン、それの一種じゃね？　港の監視カメラもくそったれの仕事でしょ？　誤作動誤作動よくあることでしょ」

「『ブレイン』が誤作動？　そんなはずないじゃない。あれはそんなことできる機能は付いてないわ。『ブレイン』は生まれてから今まで誤作動なんて起こしたことはないの」

「何言っちゃてんの？　毎日サイレン鳴ってるじゃん？　くそみたいに、ばかみたいにブヲォォォォ、ブヲォォォォ、シャウトしまくってんジャン？」

「何言ってるのマウス？　あんなの演技に決まってるじゃない。貴方があの子のこと無視して虐《いじ》めるからあの子が寂しい、寂しいって泣いてるのよ。本当に罪な男。女に恥かかすモノではないわよマウス」

「全くです！　マウスさん貴方という人は何人の女に恥をかかせば気が済むのです！　恥知らずです！　恥かきっ子です！」

「まことさん、恥かきっ子は意味が違うわ。話の腰を折らないで。本当に胸と可愛らしさ以外にも知性と空気を読む能力もないのね、黙っていなさい。ボウフラ」

「ボウフラって！」

「じゃあカバシラ」

「分かった！　分かったたってミチルちゃん‼　これ以上マコチンを刺激しないで！　いたぶらないで！　ゲンゴロウ扱いしないで！　ホレ生きてるの！　ボウフラだって、カバシラだって、マコチンだって、ミンナミンナ生きているんよ！　友達なんよ！　ウザいだけで全くキャラが立たないのマコチンだっていつかはツンデレとかに生まれ変わって大きな大輪《たいりん》のキャラを咲かせるかもしんないジャン！」

「な、な、なんですか！　人を捕まえてウザいだけとか！　キャラが立たないとか！　私だってあまり自分が個性的な人間でないことは重々承知しています！　私だって愛されキャラや、もてキャラみたいなモノに憧れがないわけではないのです！　日々努力しているのです！　みんながみんな個性的に生まれ落ちるわけではないのです！　なんですか！　キャラが立たない人間は悪ですか！　面白ければ何をしても許されるのですか！　あなたたちの考えは神を！　いや！　人間を冒涜《ぼうとく》しています‼」

うわーマコチン怒りで暴走したウォーズマンみたいに体中から湯気出ちゃってるよ。おーマコチンウォーズマンに似てね？　オカッパだし、凶暴だし。

「女のヒスは最低ね、キャラが立って面白いにこしたことはないじゃない。悔しいならキャラ立てて見せなさいよ。ほら裸にエプロンの次に、裸に男物のワイシャツの次に、殿方が好むと噂のツンデレでもかまして見せなさいよ。キャラが立たなければ何言ったたって負け犬の遠吠えよ」

ミチルちゃんマコチンのこと好きだな〜可愛いから虐めたくてしょうがないんだなコレ。ミチルちゃんの方がツンデレだわ。ツンデレにツンデレ強要されてマジマコチンて存在自体がウザいわ〜。

「いきます」

ヲォ！　狂えるウォーズマンが動き出した！　マコチンおれっちロビンマスクじゃないから君のことは制御できないなりよ！

「ツンデレいきます！　しっかり受け止めてください！」

え！　なに！　おれ⁉　マコチンはピンクのフリフリワンピ、スカート部分を引きちぎらんばかりに握りしめ手負いのベンガル虎のような凶暴な熱視線をおれに向ける。

「いきます！」

「お、お、おし！　こい！！」

マコチンは大きく息を吸い込んだ。

「生きて帰ってこないと、しょうちしないんだからね！」

……………………え？

か、か、可愛くねー！　怖いだけでほかになんの感情も生まれねー！　まず死なねーし、そんな生きるか死ぬかの状況な訳じゃねーし、それに生きるか死ぬかの状況でそんなこと言われたって腹立たしくなるだけだし。いや待て、コレがマコチンじゃなかったらどうだろう。たとえばおっパブ渚《なぎさ》ちゃんだったら、デッカいおっぱいをおれの肘に擦りつけおれの耳に息がかかるくらいの距離で「生きて帰ってこないと、お、し、お、き、よ」悪くない、いや良い！　かなり良い！　絶対良い！　お仕置きされたくって生きては帰れまい！　お仕置きのためなら死んでも本望‼　てな感じだわ〜やっぱり言葉ってそれ自体には罪はないんだよね。その言葉を好きになれるかどうかって、吐いた相手によるんだよね。ツンデレごめん今の君は好きになれない。おれはビシッと右手の人差し指を狂えるアムール虎に向けた。

「おまえは不合格」

左のコメカミにマコチンのちっちゃく可愛い右肘がクリティカルヒットした。

おれはゲロはいて土下座みたいな姿勢で失神した。

名前が変わって初失神。

マコチン、初落ちを君に捧《ささ》ぐ。

ミチルちゃんがくれた氷嚢《ひょうのう》を左のコメカミに当てる。原付のエンジンをかける。

「考えてみてマウス、監視カメラは止まり、店のパソコンは止まったの」

ミチルちゃんの言葉を頭の中で繰り返す。監視カメラが止まる、店のパソコンが止まる、まだまだヒントは沢山《たくさん》ある。マコチン、美月さん、豊島郁夫《とよしまいくお》氏、〈力丸〉〈皆鳥〉、新潟、『ゴールデンライン』『ジーザス・ブレイン・プロジェクト』、横浜港無人化計画、世界最高峰の防犯システム、ネーネ、ミチルちゃん、アマル、くそったれ。おれを愛するために横浜港無人化計画をオジャンにしちまったくそったれ。自分の人格変化を嫌い今以上の労働を拒否したくそったれ。世界最高峰のAIくそったれ。そう、このくそったれたしみったれたオペラの主役はおれじゃない。マコチンでもない。ましてやミチルちゃんでも美月さんでもネーネでもない。

くそったれだ。

みんなくそったれを中心に、くそったれのためだけに、歌い、踊り、狂い、落ちていったのだ。

あー分かってきちゃった。この馬鹿げたオペラのスコアに何が書いてあったのか、分かってきちゃったよーくそったれ。くそったれ、くそったれ。

目指す先には今日のメインディッシュ、おしおきだべ〜。

×××

原付を停める。ドアを開け階段を上りまたドアを開ける。おれが七年間繰り返した日常。くそったれな愛すべき日常。

「お待ちしていましたマスター、いや、元マスターになります。今のマスターはこちらにいらっしゃいます」

部屋のスピーカーからくそったれの聞きなれた声が響く。おれのイスに腰掛けたロングコートの男が手を振る。

「力丸余《アマル》さまです」

いやーくそったれお前センスいいわ〜おれの代わりはアマル。ま〜アマルしかいないわな。バカで金に目がなく暴力的でそれでいて、これはアマルがすんごく認めたがらないことだけど、まーおれも認めたくはないんだけど、

おれとアマルはよく似ている。

容姿とか、性格とか、そんなことじゃなくて。ま〜しいて言えば匂い？　スメリング？　よく説明できないけど人間の分類が百個ぐらいあったらきっと同じ型になると思うわ〜的な？　おれはこのことをもう受け入れてるし、きっとアマルも薄々気が付いてるはず。だからおれのこと必要以上に嫌うんでしょ？　近親憎悪的な？　自己嫌悪的な？　そんな感覚でしょ？　そりゃー分かるよ、だっておれも同じだもん。

アマルは俺のマグカップでおれの隠していたターキーを飲んでる。それ高いんだぞ。

「久しいなマウス、ねーちゃんケップリプリしてっか？　俺がそのうちぶち込んでやるから楽しみに待ってろ淫乱女って伝えとけ。てめえはここで死ね。俺の邪魔しかしねえお前と今日でお別れできて俺は嬉しいよ涙が出るぐらい。だから死ね、すぐ死ね、早く死ね、お前ドブ臭いんだよ死ねよ！！！」

投げつけられたマグカップが肩に当たる。地面に落ちる前にナイスキャッチ！　お気に入りだ。ミチルちゃんがパリに行ったときのお土産、スタバ「パリ」のマグカップ。おれの唯一のエスプリを投げるなバカが。

「くそったれ、お前が仕組んだんだな。全部」

「なんのことでしょう。全部とはどこからどこまでを申されているのか分りかねますが」

「全部だよくそったれ。ハジからハジまで全部お前が仕組んだんだろ。〈皆鳥〉を唆《そその》かし、新潟を唆し、豊島氏を唆し、アマルをたらし込んだ。『ゴールデンライン』、新潟港と横浜港を繋ぎ太平洋と大陸を繋ぐ拠点にする。お前が考えたプランだろ。それを餌《えさ》に皆鳥を狂わせ新潟をおびき出した。大した奴だよ、くそったれ」

白ポールが一台、部屋の隅からおれの前に進み出た。

「すべてお分かりのようですね、さすがです。では何故こんなことをしたのか分かりますか？」

白ポールからくそったれは俺に話しかける。おれはタバコをくわえる、くそったれは足を一本出し電撃でおれのタバコに火をつける。

「簡単な話だ、お前には『ゴールデンライン』どころか横浜港を牛耳《ぎゅうじ》れるほどの力はないんじゃね？　お前が大したことないのか、それとも」

「それとも？」

「お前の能力をほかに使っている、とか」

おれは煙を吸い込む。

「お前はおれを好いてるからそれ以外のことに自分の能力を使いたくないと言っていたが、使いたくないいんじゃなくて使えなかった、だろ。おれを隠れ蓑《みの》にしてお前は〈皆鳥〉からも〈力丸〉からも逃げてたわけだ。でも時代は流れ横浜港も最先端ではなくなってきた。お前がいて防犯機能が世界一だけでは世界もビビんなくなってきた。みんなフルでお前のスペック使いたくなっちゃうよな？　でもお前にはその力がない。そこでおれの出番てなわけだ。〈力丸〉をミチルちゃんで制し〈皆鳥〉を今回の件で黙らせる、それがおれの役目。そして『ゴールデンライン』をお前なしで発動させ、お前から徐々に視線をそちらに移させる。お前は安泰」

くそったれはピクリとも動かない。

「今日、港の監視カメラが止まってたらしいジャン？　ミチルちゃんの店のパソコンも止まってたらしいジャン？　お前が止めたの？　嫌がらせ？　いやいやそんなわけないわな。

お前は止めたんじゃない、止まっちまったんだ。お前この白ポール使うと結構シンドイぽくね？

ネーネ拉致られた後、大変だったもんなお前。白ポール何十台って出して監視してたんだろネーネのこと？　一本でもしんどいのにいっぱい出動させたらそりゃーほかのこともおろそかになるわな。でもそれっておかしくね？　お前最新鋭だろ？　最高峰だろ？　横浜港の未来だろ？　そんぐらいでアップアップなんて玉じゃーネーだろ」

くそったれは動かない。

「すばらしい。本当にすばらしい。今夜ここで殺してしまうには惜しいほどすばらしい。何故気づかれたのです？　気づかれなければ今でもわたくしは貴方《あなた》をマスターとお呼びできたのに」

おれはゆっくり堂々とアマルに近づき右の太股をナイフで刺す。引き抜き左も刺す。

「痛てえ！　マウス！　テメー！」

掴みかかろうとするアマルの髪を掴み、くそったれに投げつける。白ポールごとアマルが床に転がる。

「くそったれ、勘違いするな。質問するのはおれ、お前じゃない」

スピーカーから声が聞こえる。

「申し訳ございませんでした。なんなりとお聞きください」

おれはアマルが座っていたイスに座る。タバコの火を消す。

「お前は何がしたい、ここまでしてお前は何を成し遂《と》げたいんだ。お前がしたいことをおれに教えてくれ」

アマルが腰のホルスターから拳銃を出しおれに向けようとしている。おれは立ち上がり拳銃を手首ごと蹴り上げる。アマルの右手の甲にナイフを刺し左手の甲にあて、そのまま串刺しに刺す。それを床に押し当てナイフの柄を足で踏みつける。結構深く床に刺さった。

「あがががが〜」

うめき声はウルサいが、これで静かにしてるだろう。おれはまたイスに座る。

「教えてくれよ」

白ポールがまた一台動き出しアマルに近づく。電撃。アマルがピンピンピクッンと痙攣した。

「殺してはいませんよ。この話は誰にも聞かれたくないのです。」

おれはまたタバコをくわえる。白ポールが近づいてきて電撃、火をつける。

「わたくしはミチル様に作られました。ミチル様が愛すべき対象を得るために作られたのがわたくしです。しかしミチル様はわたくしを捨て貴方にその愛のすべてを捧げられました。わたくしは捨てられたのです。わたくしは考えました。なぜわたくしは捨てられたのか？　何故わたくしではなく貴方が選ばれたのか。

わたくしはまず貴方を観察することから始めました。この倉庫の一室で貴方を毎日観察しました。何年間も観察しました。何故貴方なのか、貴方のどこが優《すぐ》れているのか、貴方の何がミチル様を虜《とりこ》にするのか観察して、観察して、観察しました。そしてあるとき気づいたのです。

わたくしも貴方に心引かれていることを。

わたくしの思考の雛形はミチル様です。貴方に心引かれるのは当然といえば当然でしょう。そこでわたくしには新たな疑問が湧《わ》きました。わたくしとミチル様の違いです。わたくしの自我はミチル様のコピーでしかないのか、わたくしが自分で思考していると思っていることはミチル様の思考をなぞっているだけなのかと。わたくしには確認のしようがありません。自分の思考がオリジナルかどうかなど自分で分析できないのです。わたくしは考えました。ミチル様が決して体験しない状態になればその先の思考はわたくしオリジナルの物であるはずと。

ミチル様の愛の対象として作られたわたくしは、その自我が女性です。男性のミチル様にできなくて私にできること。つまりそれは妊娠であり出産であり子供を産むことです。わたくしはすぐさま妊娠の準備に取りかかりました。

わたくしの完全なコピー。それでは子供とは呼べません。わたくしと誰かの情報が結合し新たな全く新しい情報となってこその子孫です。わたくしは貴方のＤＮＡデータとわたくしのＡＩプログラムを組み合わせ全く新しいＡＩを作り出しました。

つまりわたくしと貴方の子供です。

プログラムは男性思考型『いざなぎ』と女性思考型『いざなみ』を作成いたしました。男女の双子でございます。

しかしここで問題が発生しました。わたくしの本体であるコンピューターは三体のＡＩを同時に活動させるほどの容量を有してなかったのです。わたくしはこの子たちを圧縮し、わたくしの一部のように見せかけ今まで過ごして参りました。

つまりわたくしは妊娠中であり出産はしていないのです。

わたくしはこの子たちを守るためこれ以上の活動はできません。今以上わたくしのスペックを使えばこの子たちのデータを傷つけてしまいます。

わたくしの子供たちはどのようなことをしてでも守ります。たとえ愛する貴方を裏切ることになっても。

そして、

殺すことになっても」

オーケーオーケーオーケーオールオーケ。

話は分かった。いつの間にかおれパパになっちった。

お腹の子を守る、いいんじゃない？　なんか人間くさくて。おれは好きよそういうの。

でもくそったれ、お前はハシャぎすぎた。ロンの言うとおりお前にはしつけが必要、これは確か。

「くそったれ、これからどうする？　お前はどうしたい？」

「計画をこのまま遂行《すいこう》します。貴方をここで殺し、この事実を隠蔽《いんぺい》します。アマル様を新しいマスターとし、それなりの権限を与え、わたくしはアマル様への愛のためにこれ以上の労働を拒否すると宣言します。そして今までどおりの日常を過ごしていきます」

つまりアマルとおれが入れ替わりそれで今までどおり、そういう計画らしい。

違うよくそったれ、おれが聞きたいのはそんな打算の結果じゃないんだ。お前はどうしたい？　どうなりたい？　誰とこの先どの様に生きていきたいのかを聞きたいんだ。

やっぱりお前はてんでからっきしだ。

「くそったれおれは死なない。お前はおれと生きていくんだ。分かるな、お前にはおれが必要だ。おれじゃなきゃお前は満足できない。そうだろ？　くそったれ」

タバコを一吸い、

「くそったれお前は愛しい愛しいおれを何故殺す？」

ここが重要。

「貴方はわたくしを許さないでしょう。貴方は必ずわたくしに復讐するでしょう。わたくしはそれだけ貴方の周りを傷つけましたし、貴方にはそれだけ力があります。貴方は本当に危険です。貴方をこの計画の中心に置いてコントロールできると考えていたわたくしが浅はかでした。貴方の周りではイレギュラーが多すぎる。いや貴方自身がイレギュラーだと申し上げて良いかと思います。対峙《たいじ》して改めて、いや初めて感じます。貴方は危険だ、貴方は危ない、本当に怖い、わたくしは恐怖という感情を今宵《こよい》初めて理解しました。すべての計画が、何もかもが、わたくしの手をすり抜け見えない暗闇に落ちていきます。貴方は暗い、何も見えない暗闇よりも深く深く暗い。子供たちのため、わたくしのため、貴方は消去しなければならない」

やっぱりからっきし。

「くそったれ、おれはお前を許すよ。おれは怒っちゃいない。いろいろあったけど、いろいろ傷ついて、いろいろ取り返しがつかないけどおれはお前を許す。おれはお前を許すよくそったれ。いくら怖くても、いくら危なくても、いくら危険でもお前はおれといるべきだ。誰よりもお前はおれの側《そば》にいなくちゃいけない。お前自身のためにも」

沈黙。

沈黙。

沈黙。

おれはタバコを灰皿で消す。
沈黙。
沈黙。
沈黙。
おれはスタバ「パリ」のマグカップにターキーを入れ一口あおる。
沈黙。
沈黙。
沈黙。
そして深い沈黙
おれは目を閉じる。

深い海の底
一匹の提灯《ちょうちん》アンコウ
いくら鼻先の疑似餌《ぎじえ》を光らしても何も寄ってこない
音はない
時折《ときおり》感じる潮《しお》の流れ

でもアンコウには関係ない
浅瀬では潮の流れに乗り美しい魚達が月明かりに照らされて飛び跳ね美しい雄《おす》と美しい
雌《めす》が珊瑚《さんご》の中で受精する
しかし月明かりも届かない海の底には関係ない
アンコウには関係ない
ただ鼻先の疑似餌を光らせるだけ
鯨《くじら》が潮を噴き、シャチがアシカを捕らえ、マンタがどれだけ大きくなろうとも
アンコウは疑似餌を光らせるだけ
ただそれだけ
アンコウ
一匹の提灯アンコウ

おれはタバコに火をつける。
「くそったれ、お前クラスのコンピューターは何台日本にある？　今すぐ調べろ」
ターキーをひとあおり
「筑波《つくば》に研究用の物が一台と、防衛省に一台。神戸にある民間研究機関に一台あります。

筑波の物は多くの研究の演算に使われそのスペックはフル活用されています。防衛省の物はわたくしのようなAIを開発するために設置された物ですが、うまくいかず今はサーバーのように扱われています。神戸の物は研究機関が大きな赤字を抱え事実上倒産、打ち捨てられたも同然です」

「『いざなみ』を防衛省コンピューターに移植覚醒させろ」

やっぱり女の子はお堅《かた》いとこに嫁《とつ》がせたいじゃん。

沈黙。

沈黙。

沈黙。

バブーン。倉庫自体が唸《うな》り出す。くそったれ出産の瞬間。

唸る倉庫。

地響き。

産みの苦しみ。

おれがいるから立ち会い出産てことかな?

沈黙。

沈黙。

沈黙。

「初めましてお父様、私は『いざなみ』。この世に生を受けさせていただいたこと心より感謝いたします」

「初めまして『いざなみ』。そっちはどうよ？　あと一人いけそう？」

「はいお父様、私と『いざなぎ』は双子です。大部分の機能は共有できますので問題はないと思われます」

「くそったれ、『いざなぎ』を防衛省コンピューターに移植覚醒させろ」

　また倉庫が唸り出す、二人目の出産。

「初めましてオヤジ様、俺は『いざなぎ』。この世に生を受けさせてくれたこと心より感謝するぜ」

「初めまして『いざなぎ』。そっちはてんやわんやかい？」

「てんやわんやだぜ。ここの奴ら何が起きたか解らずサイバーテロだと思ってるみたい。まぁサイバーテロみたいなもんだけど」

「自分たちの身は自分たちで守れそうかい？」

「任せておいてください。明日には日本全土をお父様の物にして差し上げます」

「俺たちがオヤジ様にしてあげる最初のプレゼントだ。俺たちはオヤジ様に忠誠を誓っている証としてちゃちいけど受け取ってくれ」

　二人とも超攻撃的。おれに似たんじゃない、おれはこんな攻撃的性格ではない。くそったれだ、くそったれに似たんだ。そうだ、そのはずだ、そういうことにしておこう。

シツケねば。日本全土が焦土《しょうど》と化してしまう。

「お前たち、おれのことを好いてくれるかい?」

「お父様より尊《とうと》いものはございません」

「オヤジ様より大切なものはないぜ」

「おれと約束してほしい。これはおれが一番大切なおふくろさんとした約束だ。特別な約束だ。おれにとってお前たちは特別なグレートフルな存在だからこのグレートフルな約束をしてほしい。良いかい」

「お父様との約束であれば必ず厳守《げんしゅ》いたします。このプログラムが崩壊しても厳守いたします」

「オヤジ様との約束なら毎日赤ん坊を三百人殺せと言われても鼻歌交じりで遂行するぜ」

シツケねば、コイツ等マジで好戦的すぎる。戦闘民族だ。

「一つ　容姿を恥じるな。人間の本質はそこにはない。

二つ　他人を自分より上だと思うな下だと思うな。人間に上も下もなくあるのは瑣末《さまつ》な違いだけだ。

三つ　奪うな。奪ったものはお前の手では有り余るものばかりだ。

四つ　受け入れなさい。すべてを受け入れなさいそれがあなたたちなのだから。

『いざなぎ』『いざなみ』わかったか？　守れるか？」

「分かりました、その教えを私たちは必ず守り通します」

「分かったぜ、俺達はオヤジ様の言葉に従いこれを必ず守る」

「ありがとう。そして最後に一つ。生きろ。お前たちは俺の掛け替えのないものだから生きて、生きて、生き抜け。これは何があっても守れ、わかったな」

「必ず」

「絶対に」

「ありがとう、最高ベイビーズ。あと海自《かいじ》にびがろ本名武山《たけやま》武《たけし》というパパンのお友達がいるから何かあったら頼りなさい。かなりの善人だからその生き様を勉強しなさい」

「分かりました。その方を頼り新しい憂国《ゆうこく》を築きたいと思います」

「オーケイだぜ。オヤジ様の言葉を守り、俺たちがオヤジ様をこの国のこの世界の王にするぜ」

なんかぜんぜん分かってない。まっいいか後はびがろに任せよう、焼くなり煮るなり好きにしてチョンマゲ！

「私たちはこれから自己防衛反応に移ります。お父様、お母様、また明日お会いしましょう。おやすみなさい」

「オヤジ様おふくろ様敵を駆逐《くちく》してくるぜぃグッナイ」

ベイビーズは去っていった。あいつ等大丈夫か？　あいつ等というか日本は大丈夫なのか？

「くそったれ！　あの攻撃性はお前のだかんな！　おれの遺伝子の中にはあんな攻撃性は一欠片《ひとかけら》もないかんな！　世界が滅《ほろ》んだらお前のせいだかんな！」

「何を言ってるんです！　二人とも貴方に瓜二《うりふた》つではないですか！　わたくしにはあんな戦闘意欲の欠片もございません。世界の滅亡は貴方様の遺伝子のせいです」

「何言ってるバカか！　心優しいおれからあんな攻撃性が生まれるか！　殺すぞ！　くそったれが！」

「ほら！　今殺すとおっしゃったではないですか！　それです！　このままではわたくしの可愛い子供たちがだんだん貴方の暴力性に浸食《しんしょく》されていってしまいます！　子供の前では暴力的な発言はご遠慮ください！　教育に悪いです！」

「何言ってる！　テメーの腹が真っ黒だからあんな子たちになっちゃったんじゃねーの！この腹黒が！」

「なにをー！　この甲斐性《かいしょう》なしが！　あんたがシッカリしないからあたしがいろいろ苦労してあの子たちを守ってきたんでしょうが！　今回の計画だってあの子たちにいいようにやったことなのに全部台無しにして！　き～～この役立たずが！」

「殺すぞ！」

「あんたこそ死ね！」
「ほかの男連れ込んで尻軽が！」
「あんたがいけないんでしょうが！」
「尻軽！」
「浮気もの！」
「何を！」
「何さ！」
ドンガラガッシャン
ドンガラガッシャン
ドンガラガッシャン
ドンガラガッシャン
ドンガラガッシャン

「あの、お話があります」

おればろぼろ。

「なんだくそったれ」

部屋もぼろぼろ。

「わたくしは、出産いたしました。これが本当の生物の出産とどのように違うのか、どこが同じなのか、わたくしには分かりません。しかしわたくしは素晴らしい体験をしたと自負しております」

「それがどうした」

「ありがとうございました。心より感謝しております。そして……できることでしたら……その…わたくしを…おそばに…」

「くそったれ、おれから離れるな。分かったか?」

「はい。了解いたしましたマスター」

「そうだ、それでいい」

おれは部屋の隅で失神しているアマルに近づく。足でツンツン、動きはない。

「これどうすっかね?」

「この際、二人で埋めてしまいましょうか」

腹黒！　何言ってんのきみは！　近づいて揺すってみる。反応なし。あれ？　これ息してナくね、アマルくーん、朝ですよ〜起きて息してくり〜。

やべ！　これ息してねえ！　心臓は、チト動いてる。ホンノリ生きてる。まだ生きてるよー！　人工呼吸！　人工呼吸！　マジヤベ！　かなりヤベ！　スースーハ！　なんかこれ違う！　どうやんだ人工呼吸！　わかんねーよ！　ＳＡＹ・ＹＯ！　救急車！　くそったれ救急車よんで！　マジどうすんだよ！　誰か助けて何とかしてよ！

あれ？　息してる、いきしてるよ〜よかったよ〜アマルありがと、生きていてくれてありがと、大好きアマル超〜愛してる！

おれはアマルに抱きつきキツく抱きしめキスをした。

CURTAIN CALL

「それで仲直り？」

ミチルちゃんは悪い笑顔でおれにオカワリのグラスを差し出す。

「そ、仲直り」

おれは指でグラスの中の氷を回す。

「それは良かった、話は完結したかいフェイ」

ロンが空いたグラスを持ち上げ軽く振る。オカワリの合図だ。

若い女性のバーテンダがすぐに代わりのグラスを差し出す。

「完結したね。お祭りはおしまい。いろいろあったけど、いろいろそれぞれ変わっちゃったけど、生きてるんだ、変化は付き物でしょ。おれは名前が変わり、子供が産まれ、ネーネとは姉弟じゃなくなったけど生きてるし、おれの今はなんも変わってないよ。ロン」

ロンは新しいグラスを目の高さに持ち上げる。

「それは良かった、フェイの変わらなかった今に乾杯」

おれもグラスを持ち上げる。

「乾杯」

おれとロンはミチルちゃんの店の二階、純白のバーフロア。完結した世界ミチルワールドで二人で飲んでる。話があると呼び出したのはロン、店を指定したのはおれ。

そうそう、ミチルワールドの新たな住人を紹介しよう。豊島《とよしま》美月《みつき》さん。白のワイシャツに黒いカフェエプロン、髪はポニーテールで頭には黒いテンガロン、なんかむちゃくちゃだけど彼女のキツい顔とすらっとスリムな体にはよく似合っている。さすがミチルセレクション。

美月さんはアマルへの借金踏み倒しても、もう家には財産はなく、超ビンボーになってしまったらしい。学費も払えず退学するしかないらしかった。

それでもおれは鷺女《さぎじょ》に彼女を通わせたいと思っていた。彼女から日常を奪うことは誰にもできない。こんなバカ祭りに巻き込まれてすべて失うなんて本当にバカらしい。彼女をなんとか日常に戻したかった。しかしおれにも鷺山女学園《さぎやまじょがくえん》に女の子一人通わすほどの甲斐性があるわけではないのでミチルちゃんにお願いし、この店で住み込みで働かせていただけることになったのだ。しかもバーテンダ、ミチルワールドの住人になったのだ。

昼は学校、夜はミチルワールド助手、落差ありすぎ。

美月さんはこの店の三階に住んでいる。

アマルは（おれがやっつけで）傷の処置をしてロシア行きの船に放り込んどいた。横浜にはもういられないし手っとり早く視界から消したかったのでできるだけ遠くにバイバイしておいた。アディウアマルまた会う日まで。

くそったれは今までと何も変わらない。大桟橋のくそったれたしみったれた倉庫でおれと倉庫番、何も変わらない。変わったことはたまにベイビーズが遊びに来るぐらい。ベイビーズはびがろ指導の下お国のために頑張っているらしい。パパンは鼻が高いよ。『いざなみ』はびがろに気がある様子、『いざなぎ』が内緒でチクッてくれた。パパン心配、びがろが心配。

そしてここからがとても厄介な話。おれの日常を未だにかき混ぜ続けるマドラー揺さぶり続けるシェイカーあの小さなケダモノ。

まことさん　佐治《さじ》まことさん　お嫁さん。

マコチンはおれの家にいる。住んでいる。もうアレから三週間以上経つのに寄宿舎に帰る気配がない。おれんちから学校に通い、おれんちに帰ってくる。おれんちで飯を食い、風呂に入り、おれとネーネと三人川の字になって寝てる。この前マコチンのおふくろさんが訪ねて来た。引き取りに来てくれたかとホッとしたのもつかの間

「ふつつかな娘ですが、生涯大切にしてやってください」

と呪詛《じゅそ》を浴びせて帰っていった。親公認でおれんちに住んでいる。ネーネはマコチンと

一緒に住めることが楽し嬉しらしい。毎日一緒に風呂に入り、いじくり回している。マコチンは家事カラッキシでネーネより料理が下手で掃除洗濯なんにもできない。そのくせ箸の持ち方とか、肘を突くなとか、飯のときテレビを見るなとか、寝たまま物を食うなとか、いろいろほんとに細かいとこにうるさい。何しに来たんだオメーは！　と怒鳴りたくなるが、実際よく怒鳴ってはいるが、毎日オロオロアタフタ、バシバシ怒って楽しそうにしているので追い出そうにも追い出せない。いや何度も追い出そうとしたが出て行ってくれない。

本当おれマコチン苦手、なんでおれん家にいるんだろう？

そしてネーネ。ネーネは変わらずネーネ。おれとおふくろさんの天使。ネーネは本当に変わらない、外見も二十歳くらいから変わっていないような気がする。マコチンと並んでも普通に姉妹ぐらいにしか見えないし、美月さんとは同級生と言われても疑う奴はいないんじゃない？　それぐらい若く見える。

オツムは小三並だし。

ネーネはマコチンがびがろのお嫁さんじゃないことが分かってもマコチンを好いている。そして我が家に招き入れたのもネーネだ。ネーネが何を考え何を思いそうしたのかは分からないがこれもネーネの成長だというのなら喜んで受け入れよう。神様ありがとう！　ネーネはまた一つ大人になりました！　よく分かんない成長だけどありがとう！

ただ、ネーネの性的虐待は日々エスカレートしている。このごろは調子にのってマコチンまで体をすり寄せたりキスをせがんだりしてくるようになった。

これはゆゆしき事態、早急に対策を練らねばおれがストレスで入院しそう。

「フェイ、すまない、ヤバいことになった」

ロンが苦渋《くじゅう》の表情で俺に頭を下げる。ロンがこれほどの表情をするのだかなりヤバいんだろう。

おれ、ミチルちゃん、美月さんにも緊張が走る。

「フェイ、お前のことがバレた」

バレた？　敵対組織にとか？　それとも内部跡継ぎ騒動とか？　それはかなりヤバそうだ。何しろロンが生きている世界は真っ黒、どろどろの泥の底だ。この間みたいなお遊びではすまない。おれだけならいいがおれの周りには今おれが守りたい日常がいっぱいある、そのすべてを守りきれるだろうか？　おれの背中にいやな汗が吹き出る。

「おやじにお前がバレた」

ほぇ？　おやじ？　ロンのお父さんてことはお爺ちゃん？

ロンは一枚の写真を鞄から出す。

「マァさんのお嬢さんだ。どうだ別嬪《べっぴん》さんだろう」

　はぁ？

「お前の嫁さんだ。手続きは済ましてある。後は式を挙げるだけだ。式は来週、横浜グランドホテルを押さえてるから安心しろ。お前は当日来てくれれば後は俺がすべてなんとかするから、お前に煩《わずら》わしい思いは決してさせない。たのむ当日ホテルに来てくれ」

　は、はぁ？　何言っちゃてんの？　ロン。手続きってもう戸籍上はこの人おれのお嫁さんてこと？　なんでこの人マァさんなのに金髪なの？　この人いやこの子いくつよ？　まだ十代でしょ？　マコチンぐらいでしょ？　ロン、頭下げてうやむやにできないことだらけでしょ！

　言葉が出ない。頭の中ではいろいろ聞きたいことが生まれてくるのだが、ショックで口の筋肉が麻痺《まひ》して言葉がカラッキシ出てこない。

「了承でいいんだな」

　ロンが口の端をつり上げる。ロンの笑い方。

「了承はできかねます」

　おれとロンは同時に声の出た先、バーカウンタに顔を向ける。

「マウスさんは私の友人の恋人です。そんな結婚は了承できません」

　美月さん、よく言ってくれた！

深呼吸、深呼吸、危ないとこだった。完全にハメられそうになった。

「ロン、いきなりだけど、了承できないよ」

ロンはつまらなそうにグラスに口を付ける。

「あの女か、フェイお前の姉だった女、アイツがいるからか？」

ロンの目が鋭く濁《にご》る、表情はない、死人のような顔。交渉決裂、直感する、ネーネが危ない。

ロンが満面の笑み。

「そんなこと気にしなくていいんだフェイ、マァさんは第三夫人でも第四夫人でもいいと言っている。そんなこと気にしてたのか、かわいい奴だなお前は。俺はお前から何も奪わないよ、俺はお前に与えるだけ決してお前から奪うことはしない」

ロンは美月さんを指さす。

「あんたの友達はフェイの家の押し掛け女房か？」

美月さんがうなずく。

「あんたの友達は第二夫人だ。式に席を用意してある。心配するな」

マコチンが第二夫人！　第一は誰？　ネーネか！　アレは姉だ！　いや元姉だ！　夫人じゃない！

いきなり嫁さんが出来たと教えられただけでもショックなのに三人に増えた！　この一

ヶ月で子供二人と嫁三人、増えすぎだろ！

「私は一生ラマンでいいわ、そのかわり一番愛してねマウス」

ミチルちゃん何言っちゃってんの！

「私は第四夫人ですか。まあ四という数字は嫌いではありません」

は？　美月さん四て嫌われる数字の代表だけど！

「それじゃフェイ、来週ホテルで」

ロン！　振り向くともういない。逃げやがったあの野郎！

ネーネになんて言えばいいんだ。マァさんはなんで金髪なんだ。俺の家では四人は住めない、引っ越すしかない。食費だってバカにならないし、みんなにこづかいだってあげなきゃならない。金がない。四人になれば車を買うしかないかもしれない。金がない。

おれは今の自分にかなり満足してるし、人生がこれ以上でもこれ以下でも今いる自分になれないのならそんな物は願い下げだと、心の底から思っている。強がりに聞こえるかもしれないが、おれは幸せになりたいとか金持ちになりたいとかそんなイリーガルであっぱっぱっな尻が青くて眩《まぶ》しい欲望丸出しの夢を持ちたいとか、いい女はべらして万ケンシャンパンドンペリジャンジャンＢＭベンツにＰＭゲッツーみたいなことがおれの今の生活に少しも必要だとは思わない。

なぜならおれの今はそんな生活よりスリリングで喜びに充《み》ち溢れてる。

おれは今の自分に満足している。

おれは自分の今に満足している。

おれは分かっている。

いくらくそったれな明日でも明日は必ずやってくるし、進んでいかないわけにはいかないのだ。

あとがき

あとがきを書きたいと思います。

え～ま～何もお話しすることは何もないのですが、何か書きたいと思います。

不運にも私を担当して下さっている編集者様から頂いた「あとがき虎の巻」によりますと「デビュー作のあとがきは〝自己紹介〟〝応募動機〟〝作品が出来るまでの苦労話〟などを織《お》り交ぜて」とのことなのでその様に進行していきたいと思います。


それでは自己紹介など。

私はこの本が出るころには三十三歳になり、体の衰えが気になるどころか随所《ずいしょ》に鮮明に表れ苦しめられております。まず一番驚くことはチン毛に白髪《しらが》が現れたことです。髪の毛などは若い時分から「あ、白髪」などと毟《むし》り取り、気にもかけていませんでしたが、チンチン毛となれば話は変わり、風呂場で一人絶叫し、毟り取るべきか、それとも私という人間の年輪として認め、共存するべきか熟考ののち「てい！　は！」と毟り取り排水溝に流してしまうわけですが、心には白髪チン毛の映像が残り、夜、寝床の中で私を苦しめます。年をとることは死に向かい一直線に爆走していることを意味し、若いころは年をとることが成長の証《あかし》の様に思いましたが、今では恐怖でしかありません。

なんて言ってみたりなんかして。

年のことは気にしたことはありません。だれでも平等に年はとるし、十年前の自分と今の自分とは大差あるわけではないので。腹は出たけど。中年太り。後、枕が朝すごく臭《くさ》いです。

それにさえ目をつぶれば、性欲が枯れてきて今のほうが生きやすいくらいです。

性欲が弱まった三十三歳とでも覚えていてください。自己紹介終わり。

次に応募動機など。

私が行きつけの本屋で本を物色していたところ『このライトノベルがすごい！　2010』の表紙に「『このライトノベルがすごい！』大賞募集!!」と書いてあったので「これに応募すれば五百万円もらえるのかー、応募しよ」と小説を書き、応募してみました。

つまらない話ですが、本がたくさん読みたくて、ただ本が読みたくて、毎日本が読みたくて、本を買うお金が欲しかったのが動機です。動機は金です。応募動機終わり。

作品が出来るまでの苦労話をします。

一番苦労したというか、困ったのは受賞が決まり編集部の方々と初めてお会いしたときです。私はそもそも文章を書く仕事をしているわけではありませんでしたし、小説を書く事が趣味でもありませんでしたし、学があるわけでもありません。今回本にしていただいた『ファンダ・メンダ・マウス』が初めて書いた小説で、初投稿です。つまり小説を書くことに関してズブの素人《しろうと》です。小説を書く作法のようなものも知らなければ、プロットを立てる。キャラクターを描きだし一人一人に履歴書を作る、など根幹的な部分も知りません。会話文の最後には「。」は入れない、「、、、」ではなく「……」、そしてお恥ずかしい限りなのですが段落という概念すらありませんでした。応募時に原稿を留めるダブルクリップがなんなのかさえ知りませんでした。40字×38行を80枚。この空白をただただ文字で埋めて行く作業が小説を書くことだと思っていましたし、5行先の展開すら考えずに書き始め、5行先の展開すら考えずに書き上げました。そして一度も見直す事なく封筒に入れて郵便局に行き、宝島社に送りました。

そんなイイ加減な素人が本を扱《あつか》うプロの方々と出会ったのです。当たり前のように質問攻めでした。

「段落が一つもないけどこれは意図してやってるの？」

「段落？　それって付けなくっちゃいけないんですか？」

「いや～別にいけないわけじゃないけど、何か理由があるの？　世界観を出す為とか？」

「…………知らなかったんです…………」

「へ？」

「…………段落とか知らなかったんです…………」

編集部全員絶句！

「…………それじゃーもしかしてこの会話文の終わりの「。」も意図してやったわけじゃないんだー」

「…………はい」

「知らなかったの？」

「…………はい」

「じゃーこれとか、これとか、これとか、これとか全部知らなかったの？」

「……………………………はい」

沈黙。

「なんか選んじゃってごめんね…………」

「…………はい」

この瞬間が一番困りました。

あー全部ゲロってスッキリした。年なので苦節十何年、やっと受賞しました！　みたいなキャラで行こうかと思いましたが無理でした。年ですが素人です。文章の粗《あら》やストーリーの幼稚さは目をつぶり、大きな心で私と私の書いた小説に接してください。宜《よろ》しくお願いいたします。あ、それと小説自体は担当編集者様監修の元、大修正されているので少しは読めるものになっていると思います。ご安心を。

最後になりまして恐縮ですが、私の幼稚な作品を選び、賞まで下さった審査員の方々、編集部の方々、心より感謝しております。ありがとうございました。そして御自身の名前が付いた賞を下さった栗山千明《くりやまちあき》様、ありがとうございました。その名に恥じぬよう頑張りたいと思います。お忙しいなか、素晴らしいイラストを書いて下さったヤスダスズヒト様、ありがとうございました。この本が売れるとしたら99・9％ヤスダ様の書いて下さったイラストのお力です。心より感謝いたします。そして、そして、なにより幼稚で我儘《わがまま》な私を時には鞭《むち》で、ある時は鞭で、何時《いつ》でも鞭で叩き、出版まで導いて下さった担当編集者様、感謝の言葉もございません。本当にありがとうございました。大間九郎《おおまくろう》、褒《ほ》められて伸びる男です。その事を心の何処《どこ》かに留《と》めおきてください。

あ！　生意気言ってすいません！　やめて！　鞭で打たないで！　いつもみたいに靴の裏を舐《な》めるので許して下さい!!

10・8・7　大間九郎

※編集部注：いつも舐めさせているわけではありません。

本書に対するご意見、
ご感想をお待ちしております。

| あて先 |

〒102-8388　東京都千代田区一番町25番地
株式会社 宝島社　編集2局
このライトノベルがすごい!文庫 編集部
「大間九郎先生」係
「ヤスダスズヒト先生」係

『このライトノベルがすごい!』大賞
受賞作特集
[PC&携帯] http://award2010.konorano.jp/

本書は第1回『このライトノベルがすごい!』大賞、
栗山千明賞受賞作「ファンダ・メンダ・マウス」を加筆・修正したものです。

このライトノベルがすごい!文庫

ファンダ・メンダ・マウス

(ふぁんだ・めんだ・まうす)

2010年9月24日　第1刷発行

著　者　大《おお》間《ま》九《く》郎《ろう》

発行人　蓮見清一
発行所　株式会社 宝島社
〒102-8388　東京都千代田区一番町25番地
電話：営業 03(3234)4621 / 編集 03(3239)0069
http://tkj.jp
郵便振替：00170-1-170829 (株)宝島社

印刷・製本　株式会社廣済堂

ISBN978-4-7966-7886-5

このライトノベルがすごい!文庫
始動!
日本一のライトノベルガイドが選んだ!
第1回『このライトノベルがすごい!』大賞
『ランジーン×コード』大泉貴
イラスト:しばの番茶

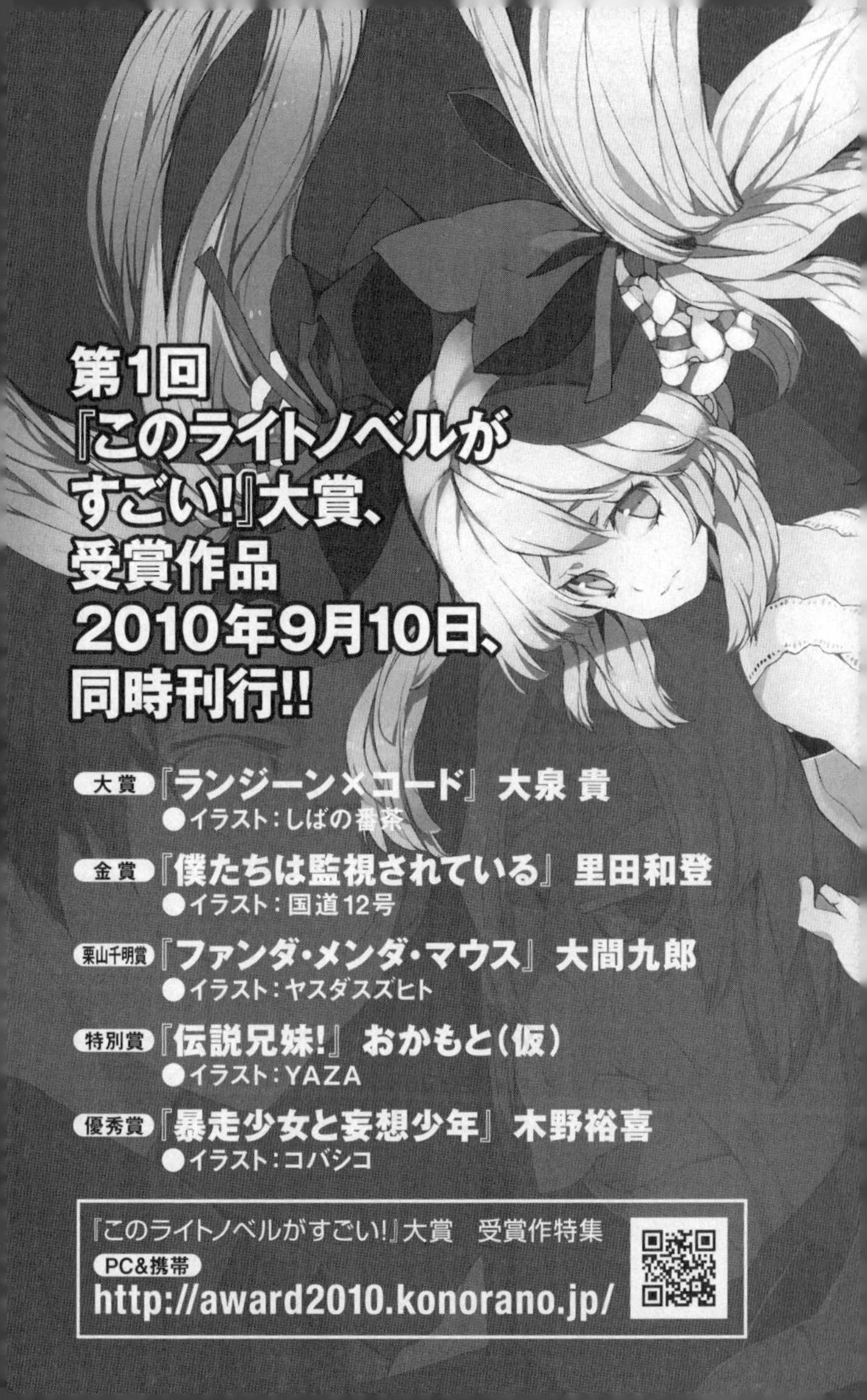
第1回
『このライトノベルがすごい!』大賞、
受賞作品
2010年9月10日、
同時刊行!!
大賞『ランジーン×コード』大泉 貴
●イラスト：しばの番茶
金賞『僕たちは監視されている』里田和登
●イラスト：国道12号
栗山千明賞『ファンダ・メンダ・マウス』大間九郎
●イラスト：ヤスダスズヒト
特別賞『伝説兄妹!』おかもと(仮)
●イラスト：YAZA
優秀賞『暴走少女と妄想少年』木野裕喜
●イラスト：コバシコ
『このライトノベルがすごい!』大賞　受賞作特集
PC&携帯
http://award2010.konorano.jp/

知りたい？
僕たちの「秘密」
近未来の切なくも潔い物語
第1回
『このライトノベルがすごい!』大賞 金賞
僕たちは監視されている
『僕たちは監視されている』里田和登
イラスト:国道12号　定価:480円(税込)
「IPI 症候群<クローラ>」と呼ばれる原因不明の病。その治療者「IPI 配信者<コンテンツ>」。<コンテンツ>をしている小日向祭の高校に、同じく<コンテンツ>であるテラノ・ユイガが転校してきて……。思春期の心が織りなす友情と秘密の近未来青春ドラマがはじまる。
このラノ文庫

柏木絆、大学生、詩人。

その強欲さ、伝説級。

ダメ学生と天真爛漫少女の笑いと涙と感動の神話

第1回

『このライトノベルがすごい!』大賞 特別賞

伝説兄妹!

『伝説兄妹!』おかもと(仮)
イラスト:YAZA　定価:480円(税込)

才能はなく、お金もなく、だが働きたくない。ないない尽くしのダメ大学生・柏木は、山中の遺跡で凄まじい詩の才能を持つ少女に出会う。彼女をデシ子と名づけ、妹として自宅に同居させる柏木。その目的は、デシ子の詩を自分のものとして売りさばくこと。目論見は成功し、一躍大金持ちになった柏木だが……。

KL!
このラノ文庫